思想的．睿智的．獨見的

經典名著文庫

學術評議

丘為君　吳惠林　宋鎮照　林玉体　邱燮友
洪漢鼎　孫效智　秦夢群　高明士　高宣揚
張光宇　張炳陽　陳秀蓉　陳思賢　陳清秀
陳鼓應　曾永義　黃光國　黃光雄　黃昆輝
黃政傑　楊維哲　葉海煙　葉國良　廖達琪
劉滄龍　黎建球　盧美貴　薛化元　謝宗林
簡成熙　顏厥安（以姓氏筆畫排序）

策劃　楊榮川

五南圖書出版公司 印行

經典名著文庫

學術評議者簡介（依姓氏筆畫排序）

- 丘為君　美國俄亥俄州立大學歷史研究所博士
- 吳惠林　美國芝加哥大學經濟系訪問研究、臺灣大學經濟系博士
- 宋鎮照　美國佛羅里達大學社會學博士
- 林玉体　美國愛荷華大學哲學博士
- 邱燮友　國立臺灣師範大學國文研究所文學碩士
- 洪漢鼎　德國杜塞爾多夫大學榮譽博士
- 孫效智　德國慕尼黑哲學院哲學博士
- 秦夢群　美國麥迪遜威斯康辛大學博士
- 高明士　日本東京大學歷史學博士
- 高宣揚　巴黎第一大學哲學系博士
- 張光宇　美國加州大學柏克萊校區語言學博士
- 張炳陽　國立臺灣大學哲學研究所博士
- 陳秀蓉　國立臺灣大學理學院心理學研究所臨床心理學組博士
- 陳思賢　美國約翰霍普金斯大學政治學博士
- 陳清秀　美國喬治城大學訪問研究、臺灣大學法學博士
- 陳鼓應　國立臺灣大學哲學研究所
- 曾永義　國家文學博士、中央研究院院士
- 黃光國　美國夏威夷大學社會心理學博士
- 黃光雄　國家教育學博士
- 黃昆輝　美國北科羅拉多州立大學博士
- 黃政傑　美國麥迪遜威斯康辛大學博士
- 楊維哲　美國普林斯頓大學數學博士
- 葉海煙　私立輔仁大學哲學研究所博士
- 葉國良　國立臺灣大學中文所博士
- 廖達琪　美國密西根大學政治學博士
- 劉滄龍　德國柏林洪堡大學哲學博士
- 黎建球　私立輔仁大學哲學研究所博士
- 盧美貴　國立臺灣師範大學教育學博士
- 薛化元　國立臺灣大學歷史學系博士
- 謝宗林　美國聖路易華盛頓大學經濟研究所博士候選人
- 簡成熙　國立高雄師範大學教育研究所博士
- 顏厥安　德國慕尼黑大學法學博士

經典名著文庫179

薛西弗斯神話

Le Mythe de Sisyphe

[法]阿爾貝・卡繆 著
(Albert Camus)
袁筱一 譯
袁筱一、楊婉儀 導讀

經典永恆・名著常在

五十週年的獻禮・「經典名著文庫」出版緣起

總策劃 楊榮川

五南，五十年了。半個世紀，人生旅程的一大半，我們走過來了。不敢說有多大成就，至少沒有凋零。

五南忝爲學術出版的一員，在大專教材、學術專著、知識讀本出版已逾壹萬參仟種之後，面對著當今圖書界媚俗的追逐、淺碟化的內容以及碎片化的資訊圖景當中，我們思索著：邁向百年的未來歷程裡，我們能爲知識界、文化學術界做些什麼？在速食文化的生態下，有什麼值得讓人雋永品味的？

歷代經典・當今名著，經過時間的洗禮，千錘百鍊，流傳至今，光芒耀人；不僅使我們能領悟前人的智慧，同時也增深加廣我們思考的深度與視野。十九世紀唯意志論開創者叔本華，在其〈論閱讀和書籍〉文中指出：「對任何時代所謂的暢銷書要持謹慎的態度。」他覺得讀書應該精挑細選，把時間用來閱讀那些「古今中外的偉大人物的著作」，閱讀那些「站在人類之巔的著作及享受不朽聲譽的人們的作品」。閱讀就要「讀原著」，是他的體悟。他甚至認爲，閱讀經典原著，勝過於親炙教誨。他說：

「一個人的著作是這個人的思想菁華。所以，儘管一個人具有偉大的思想能力，但閱讀這個人的著作總會比與這個人的交往獲得更多的內容。就最重要的方面而言，閱讀這些著作的確可以取代，甚至遠遠超過與這個人的近身交往。」

爲什麼？原因正在於這些著作正是他思想的完整呈現，是他所有的思考、研究和學習的結果；而與這個人的交往卻是片斷的、支離的、隨機的。何況，想與之交談，如今時空，只能徒呼負負，空留神往而已。

三十歲就當芝加哥大學校長、四十六歲榮任名譽校長的赫欽斯（Robert M. Hutchins, 1899-1977），是力倡人文教育的大師。「教育要教眞理」，是其名言，強調「經典就是人文教育最佳的方式」。他認爲：

「西方學術思想傳遞下來的永恆學識，即那些不因時代變遷而有所減損其價值的古代經典及現代名著，乃是眞正的文化菁華所在。」

這些經典在一定程度上代表西方文明發展的軌跡，故而他爲大學擬訂了從柏拉圖的《理想國》，以至愛因斯坦的《相對論》，構成著名的「大學百本經典名著課程」。成爲大學通識教育課程的典範。

歷代經典．當今名著，超越了時空，價值永恆。五南跟業界一樣，過去已偶有引進，但都未系統化的完整舖陳。我們決心投入巨資，有計劃的系統梳選，成立「經典名著文庫」，希望收入古今中外思想性的、充滿睿智與獨見的經典、名著，包括：

- 歷經千百年的時間洗禮，依然耀明的著作。遠溯二千三百年前，亞里斯多德的《尼各馬科倫理學》、柏拉圖的《理想國》，還有奧古斯丁的《懺悔錄》。
- 聲震寰宇、澤流遐裔的著作。西方哲學不用說，東方哲學中，我國的孔孟、老莊哲學，古印度毗耶娑（Vyāsa）的《薄伽梵歌》、日本鈴木大拙的《禪與心理分析》，都不缺漏。
- 成就一家之言，獨領風騷之名著。諸如伽森狄（Pierre Gassendi）與笛卡兒論戰的《對笛卡兒沉思錄的詰難》、達爾文（Darwin）的《物種起源》、米塞斯（Mises）的《人的行爲》，以至當今印度獲得諾貝爾經濟學獎阿馬蒂亞．

森（Amartya Sen）的《貧困與饑荒》，及法國當代的哲學家及漢學家余蓮（François Jullien）的《功效論》。

梳選的書目已超過七百種，初期計劃首爲三百種。先從思想性的經典開始，漸次及於專業性的論著。「江山代有才人出，各領風騷數百年」，這是一項理想性的、永續性的巨大出版工程。不在意讀者的眾寡，只考慮它的學術價值，力求完整展現先哲思想的軌跡。雖然不符合商業經營模式的考量，但只要能爲知識界開啓一片智慧之窗，營造一座百花綻放的世界文明公園，任君遨遊、取菁吸蜜、嘉惠學子，於願足矣！

最後，要感謝學界的支持與熱心參與。擔任「學術評議」的專家，義務的提供建言；各書「導讀」的撰寫者，不計代價地導引讀者進入堂奧；而著譯者日以繼夜，伏案疾書，更是辛苦，感謝你們。也期待熱心文化傳承的智者參與耕耘，共同經營這座「世界文明公園」。如能得到廣大讀者的共鳴與滋潤，那麼經典永恆，名著常在。就不是夢想了！

二〇一七年八月一日 於

五南圖書出版公司

導讀

一九四〇年二月，卡繆完成了《異鄉人》。他在構思下一部關於「瘟疫或者探險」的小說，同時也在寫後來成爲《薛西弗斯神話》（亦譯《西西弗神話》）的隨筆，主題是荒謬。而在一九四二年一月至二月的手記裡，卡繆寫道：「一旦做出了荒謬的結論，願意接受這樣的人生，人就會發現意識是世界上最難把持的東西。所有的狀況幾乎都在跟它作對。事關如何在一個分崩離析的世界裡保持清醒。」這一段話基本可以用來作爲進入《薛西弗斯神話》的導語。

卡繆是一個很有計畫的人。所謂的「荒謬」三角與「反抗」三角並非只是評論界的一面之詞，而是作者本人的寫作計畫，主題核心早就已經定下，內容卻可能隨著閱讀或者經驗的延展而產生變化。在一九四二年，這個三角已經確定。從一九四一年底開始，在皮亞的幫助下（因此我們看到《薛西弗斯神話》就是「獻給帕斯卡．皮亞」的），卡繆就已經產生了將《異鄉人》、《卡里古拉》和《薛西弗斯神話》放在一起出版的想法。在他看來，三部作品不僅彼此關聯，貢獻於同一個關於荒謬的主題，而且彼此闡釋，也彼此支持。更何況，最先完成的《異鄉人》已經得到了馬爾羅的肯定，他也根據馬爾羅的意見做了一些調整，前景還是很好的。伽里瑪出版社當時在波朗的強力推薦下，對出版這三本書的反應也很積極，儘管在德占期間，需要拿到許可證和紙張的配額，但是看來什麼也不能阻擋一位將在法國乃至世界文學史上留下重要足跡的年輕作家橫空出世了。

的確，「荒謬」三角的成熟度容易讓我們忘記另一個事實：那就是在《異鄉人》和《薛西弗斯神話》相繼出版的一九四二年，卡繆還只是一個三十歲不到的年輕人。他從阿爾及利亞來，雖然父親是法國人，但是父親的早逝和家境的貧窮讓他與法國的菁英教育和主流文學圈沒有任何直接的關係。幸好巴黎主流文學圈的判斷在大部分時間裡沒有錯——雖然他們也時不時「看走眼」——條件具備，他們首先出版了《異鄉人》，首印四千四百冊。然而《薛西弗斯神話》還是在當時的特殊情況下經歷了一些小波折，因為被要求刪去關於卡夫卡的部分。急於出版的卡繆接受了，代之以關於杜斯妥也夫斯基的《群魔》的部分。最終，《薛西弗斯神話》在一九四二年的十月出版，首印二千七百五十冊。不過，好消息是，《異鄉人》賣得一直不錯，《薛西弗斯神話》出版之際，又再印了四千五百冊。

戰爭結束之後，《薛西弗斯神話》再版，原來被要求刪去的卡夫卡的這一部分成了補篇，也仍然是《薛西弗斯神話》中不可分割的一部分。這也是我們現在讀到的《薛西弗斯神話》的通常版本。因此，除了補篇之外，《薛西弗斯神話》分成四個部分，第一個部分關係到荒謬的概念和推理。第二個部分則是所謂的「荒謬之人」，是從荒謬的概念到荒謬的行動（創造）之間的過渡。第三個部分就是荒謬的創造，因為「創造，就是活過兩次」。最後一部分是薛西弗斯神話，卡繆把荒謬之人放在了薛西弗斯的肩上，透過這個時時都在推石頭上山，並看著石頭滾落，卻依然保持平靜的形象告訴我們什麼是人的尊嚴。

「荒謬」概念當然不是卡繆的首創。在卡繆之前，馬爾羅用過荒謬（absurde）的說法，沙特也在他的小說《嘔吐》（亦譯：《噁心》）裡明確提到過荒謬的概念。羅岡丹產生噁心的感覺，他說：「荒謬（誕）這個詞此刻在我筆下誕生了。……荒謬（誕）不是我腦中的一個念頭，也不是一種聲音，而是我腳下的這條長長的死蛇，木蛇。是蛇的爪子還是樹根還是禿鷲爪，這都沒有關係。我沒有形成明確的語言，但我明白自己找到了存在的關鍵、我的噁心及我自己生命的關鍵。」（沈志明等譯，《薩特讀本》）卡繆在《薛西弗斯神話》裡雖然沒有點名，但是也提到了沙特的這一概念，提到「這種被我們當今的某位作家稱之爲『噁心』的感覺，就是荒謬」。但是沙特並沒有在自己的哲學體系中對之加以定義，顯然，他也不想從這個角度去生發自己的哲學思想。因而在《薛西弗斯神話》的開始，卡繆也明確定義《薛西弗斯神話》說，這些文字就只是「一個世紀以來散見於各處的荒謬的感覺，從嚴格意義上來說，並不是我們的時代尚不知曉的荒謬哲學」。而在另一個方面，雖然荒謬哲學並不存在，可是人類荒謬的命運早已在數個文學的文本中被一再提及，除了略顯抽象的《嘔吐》之外，我們自然還會想到塞利納的《茫茫黑夜漫遊》或者是馬爾羅的《人類的命運》。

既然卡繆放棄了哲學的提法，我們在閱讀《薛西弗斯神話》的時候，當然是儘量忘卻這個字眼比較好，寧願用他在開頭所提議的「想法」。只是荒謬說到底，是人類存在的一種境況，因此總是和彼時的哲學思想撇不清關係。於是在《薛西弗斯神話》中，卡繆也還是從雅斯培、齊克果、胡塞爾、海德格、舍斯托夫、謝勒入手，還有當代思想永遠繞不過去的尼采。即便我們不用費勁地去弄明白所有這些哲學家的彼此關聯和思想體系，我們也能夠從這種態度中獲知，荒謬是被卡繆當作一個切入人類存在的角度的：從這個角度，描述人的存在的種種面貌，以及種種面貌之後的仍然體現爲「現象」的共同命運。

這是怎樣的一種共同命運呢？

在《薛西弗斯神話》的第一部分，卡繆探討了荒謬與三個存在要素——也是彼時的哲學家熱衷探討的三個要素——之間的關係：死亡、理性與自由。死亡的背後隱含的是生命的意義問題；理性的背後隱含的是意識或是認識問題；而自由的背後則隱含的是對待生命的態度問題。人的必死性是人類荒謬命運的基礎，因此哲學家們試圖從這樣或者那樣的角度確定存在的意義，以求證生命的合法性。但是，在《卡里古拉》中，卡里古拉發現的眞理是：人必有一死，但是他們並不幸福。於是，卡里古拉一夜之間準備拋卻一切束縛，隨心所欲，轉而成爲人人痛恨的暴君。

荒謬就此和非理性連接在了一起，因爲直到荒謬之人清醒過來之前，我們所提供的種種方案都不足以解決人的幸福問題。荒謬是從懷疑開始的，它首先是在現代社會下被凸顯出來的一種分離，卡繆說：「世界重新變回原來的面貌，我們不再能夠有所把握。這些爲習慣所遮蔽的布景又變回原來的樣子。它們遠離了我們。……世界的這份厚重和陌生，就是荒謬。」

更甚一步，「有時布景會坍塌。起床，電車，四小時待在辦公室裡，或者在工廠裡，吃飯，然後再是電車，四小時的工作，吃飯，睡覺，週一週二週三週四週五和週六，都是同樣的節奏，大多數的時間裡，這條路也不會有什麼問題。只是有一天，突然間就問了個『爲什麼』，於是，在這份驚訝所掩藏的厭倦中，一切開始了。」

工業社會中，人被曾經掌握在手的技術所規定，開始的時候也不要緊，因爲我們已經接受了一切，我們從來沒有細想過。但是突然之間，會有人因爲某種特殊的原因，覺得並非都是如此理所當然。對於平常人來說，這種異樣的感覺只是一閃而過。但在戲劇化的舞臺上，我們可以對荒謬之人面對的分離加以濃縮，並且將之演繹爲邏輯的推理。卡繆因此爲默爾索創造了殺人的環節。默爾索因爲殺了人，進了監獄，想明白自己究竟是因爲什麼才進的監獄，他在精神上被他人擇了出去，自己也主動把他人都擇了出去，於是默爾索清楚地看見了布景與自己的存在之間的這份距離，並**有意識地**將坍塌下來、不再能默默吞沒自己存在的布景放置在了對面的位置，像堂吉訶德衝向風車一樣地衝上去。我們平常人並沒有機會成爲荒謬之人，因而也不會因爲這種突然之間的發現打破日常生活的常軌，爆發出如默爾索一般的巨大激情——倘若從這個意義上說，荒謬的情感的確是一種非理性的情感。

卡繆的可貴之處，或許正在於他將非理性的激情與理性的推理連接起來。如果說，荒謬的命運是任誰都回避不了的，也並不因爲清醒的認識就可以避得開，那麼卡繆在開始時爲我們帶入的就是地中海的陽光。在《薛西弗斯神話》中，他明確地告訴我們：「以前，是要知道生命是否有意義，值得我們活過。而此時，恰恰相反，正是因爲生命很可能沒有意義，它才值得更好地活過。經歷某一種經驗，經歷命運，就是充分地接受它。但是倘若我們不竭盡全力，充分掌握透過意識顯現出來的這份荒謬，我們就無法經歷這我們已知是荒謬的命運。」

迎著命運而上，無論在「荒謬」三角，還是「反抗」三角裡，都是卡繆爲我們確立的存在的態度，也是他嫁接在薛西弗斯這個形象上的人類應有的態度。巨石的滾落就好像人的必死性。然而，除了平靜地一次又一次地迎接命運的挑戰之外，人還有更好的昭示尊嚴的途徑嗎？縱使人類幾千年來累積的智慧還不足以抵擋諸神霸道而無理的懲罰，但人類運用智慧完成的一件又一件的創造本身，用卡繆在《薛西弗斯神話》裡的話來說，是「最爲有效」的反抗。

人不也是在創造中對自己的存在負起責任的嗎？當堂吉訶德走出家園，從此告別了那個由上帝，由神，或者由任何一個先驗的權力來規定何爲人類美德的世界，他最大的野心和薛西弗斯的一樣，是迎來一個眞實的世界。爲此，他心甘情願地接受來自原先那個虛無的美德世界的懲罰。人的這種創造的態度，被卡繆稱爲希望。人是不幸福的，這千眞萬確；但另一個千眞萬確的眞相是，即便如此，人從來沒有停下過追求幸福的腳步。當卡繆寫下「我從荒謬之中得到了三個結果：我的反抗，我的自由和我的激情」時，當卡繆引述整個二十世紀爲之傾倒的尼采的名言「重要的不是永恆的生命，而是永恆的生命力」時，當卡繆借用薛西弗斯總結道，「他爬上山頂所要進行的鬥爭本身就足以使一個人心裡感到充實。應該認爲，薛西弗斯是幸福的」時，我們還有任何理由不跟隨著卡繆的邏輯，不將《薛西弗斯神話》看作是「最爲有效的反抗」嗎？

否則，又如何解釋卡繆已經離世六十年後的今天，人類再次面臨命運的巨大考驗時，我們有不堪，有掙扎，有怯懦，有痛苦，但我們也依然沒有停下腳步，我們每一個個體都在爲了人類繼續存在下去而努力地活著。如果看到這一點，卡繆應該也覺得是幸福的吧。因爲是在努力活著的過程中，人類終於翻轉了荒謬命運之牌，獲取了掌握自身命運的自由。

最後一點想要說明的是，如果說《薛西弗斯神話》的寫作和出版是在卡繆的嚴密計畫裡，重譯《薛西弗斯神話》卻本不在我的計畫之中。《薛西弗斯神話》已經有若干個版本，僅我讀過的就有專攻法國哲學的杜小眞先生的版本，文字灑脫的李玉民先生的版本，以及譯風嚴謹、一向在準確與優美之間應付自如的郭宏安先生的版本。這或許也足以證明卡繆的魅力吧：時間流逝，他在他的種種形式的藝術創造中所提出的問題卻越來越值得我們嚴肅對待，並且空間之大，一個譯者難以窮盡。我是在這些年越來越強烈的想要親近卡繆的願望中突然受到了出版社的邀約。中間也曾想過放棄，但一則有出版社的堅持，二則也是想回應卡繆在《薛西弗斯神話》裡所說的「堅持、敏銳是最爲恰切的觀察者」。我不知道我的堅持是否有價值，但希望在此表達對前面諸版本的譯者的敬意，因爲是他們讓我愛上了卡繆，並且懂得了堅持的可貴。

袁筱一

二〇二〇年四月於上海

以對於荒謬的享受反抗荒謬：薛西弗斯的生命之愛

卡繆出身自阿爾及利亞的移民家庭，其家族從一八七一年第三代開始就在阿爾及利亞定居。父親是法國血統、母親是西班牙血統的卡繆，出生於當時的殖民地Saint-Paul（阿拉伯語Chebaïta Mokhtar）的一個酒莊，距蒙多維（阿拉伯語Drean，靠近Bône城〔即現今的安納巴〕）約八公里遠。靠獎學金讀完中學的卡繆，一九三三年起以半工半讀方式在阿爾及爾大學攻讀哲學，一九三五年初加入法國共產黨，一九三六年畢業，論文題爲《新柏拉圖主義和基督教思想》，但卻因肺病而未能參加大學任教資格考試。第二次世界大戰期間，卡繆參加了反對德國法西斯的地下抵抗運動。大戰爆發時他任《共和晚報》主編，後在巴黎任《巴黎晚報》編輯部祕書。德軍侵法後，卡繆參加地下抗德組織，負責《戰鬥報》的出版工作。可以說，出身於阿爾及利亞移民家庭的卡繆，不僅是記者、編輯、社論家，也同時集劇作家導演、小說家和短篇小說家、政治散文家於一身。

卡繆自一九三二年起開始發表作品，並於一九四二年因發表《異鄉人》而成名。雖然小說《瘟疫》（一九四七）得到一致好評，但卻因《反抗者》（一九五一）一書宣揚「純粹的反抗」（也就是反對革命暴力）而導致了他和沙特等左派知識分子的決裂。其主要作品還有隨筆《薛西弗斯神話》（一九四二）、劇本《卡里古拉》（一九四四）、《義人》（一九四九）、小說《墮落》（一九五六）和短篇小說集《放逐與王國》（一九五七）等。於一九五七年十月十七日獲諾貝爾文學獎的他，不僅是當時法國第九位，也是最年輕的獲獎者。

一九六〇年一月四日，四十六歲的卡繆因車禍死亡，在殘骸中發現了一百四十四頁的《第一人》手稿。卡繆自己曾預言，這部根據他在阿爾及利亞的童年改編的未完成的小說將是他最好的作品，很可惜他未能完成此部著作就已然離世。死後的卡繆安葬在其居住地也就是法國沃克呂茲省的盧爾馬蘭公墓，沙特還特別宣讀了悼詞，向卡繆英勇的「固執的人文主義」致敬。

卡繆自一九四〇年開始創作《薛西弗斯神話》，當時正值法國淪陷期，數百萬難民逃離前進中的德軍，雖然文中很少提及這件事，但美國卡繆研究者羅伯特・札雷斯基（Robert Zaretsky）卻認爲，是這件事促使卡繆對於「荒謬（誕）」（l'absurde）進行思考。而這似乎也說明了爲何卡繆會在一九五五年出版的英譯本序言中寫道：「這本書寫於十五年前，即一九四〇年，在法國和歐洲的災難中，它宣布，即使在虛無主義的範圍內，也有可能找到超越虛無主義的方法。在我後來寫的所有書中，我都試圖追求這個方向。雖然《薛西弗斯神話》提出了死亡的問題，但對我來說，它是對生活和創造的清晰邀請，就在沙漠之中。」[1]

---

1 Albert, Camus. *The Myth Of Sisyphus And Other Essays*, trans., Justin O'Brien, Vintage, 1955.

即使卡繆不止一次否認，但不可諱言地他還是一位哲學家。[2] 除了曾在阿爾及爾大學攻讀哲學之外，其作品也顯示出卡繆的思想受到哲學史影響。在其對於存在意義的質疑中，不難發現懷疑論的傳統，而即使無法回答何謂存在的意義卻仍不斷提問的方法論，與笛卡兒式的懷疑也有著某種近似之處。此外，受到尼采影響的卡繆，除了認為尼采正確地看到虛無主義的出現和興起之外，也與尼采一樣肯定人是唯一能夠戰勝虛無主義的存在。值得注意的是，雖然卡繆與尼采一樣認為世界沒有終極意義，但卻不能因此說卡繆是尼采主義者；足以劃分其與尼采的關鍵差異在於，卡繆關注人類社會中的不公正和壓迫，並強調對於此狀態的反抗。但即使如此，在對問題及其解決方案的陳述中，卡繆的語氣、思想和風格還是不免令人想起尼采，特別是「上帝死了」這樣的說法，可視之為他們的共同出發點。可以說，卡繆與尼采皆決心直面不愉快的事實，並反對已被公認的智慧。

儘管沙特受到卡繆的批評，但在堅持世界和歷史沒有獨立於人之外的意義這點上，他與沙特的觀點卻是一致的；甚至卡繆在《薛西弗斯神話》中的一些想法也借鑑於沙特的《嘔吐》。隨著沙特哲學的發展，他嘗試從他的小說所揭示的野蠻、無意義的存在中發展出一個有意義的世界；對他來說，荒謬顯然是存在本身的一個基本本體論屬性，它使我們感到沮喪但不限制我們的理解。但對於卡繆來說，荒謬並不是存在本身的屬性，而是我們與世界關係的基本特徵。

2 https://seop.illc.uva.nl/entries/camus/

雖然也有人認爲沙特哲學的核心徒勞無功與卡繆所描述的「絕望」相似，但對於認爲荒謬是人類與其世界間不可超越的關係的卡繆而言，非理性的世界是無法透過理性來理解的。

《薛西弗斯神話》是針對存在主義者（如舍斯托夫、齊克果、雅斯培和海德格）以及胡塞爾的現象學而寫的；卡繆認爲他們都以某種方式證明了人類狀況的荒謬，而這也是卡繆與他們共享的出發點。但卡繆卻也認爲，每一位存在主義作家都背叛了自己最初的洞察力，試圖訴諸超越人類條件極限的東西，並轉而尋求超越的東西。這對於認爲人不能屈服於追尋終極答案的衝動，而必須在意識到人類侷限的狀態下清醒地接受荒謬的卡繆而言，無疑是不能接受的。在上述所提到的存在主義者以及現象學家中，胡塞爾的現象學特別是卡繆所持續關注與分析的。卡繆曾與沙特一起讚揚了早期的胡塞爾意向性概念，認爲意向性遵循了荒謬的精神，即僅限於描述而拒絕解釋的意向性呈顯出思想的謙遜。就如同他在《薛西弗斯神話》中所言：「描繪，這是荒謬思想最後的野心。科學也是一樣，在抵達其悖論的終點之前，不再提供任何建議，而是停下來欣賞、描繪現象未經開發的風景。」[3] 然而可以想見的是，卡繆也必然不假辭色於胡塞爾後來在《觀念》中對柏拉圖外時空本質（extra-temporal essences）的探索，並認爲這是一種與他最初的見解不符的準—宗教飛躍（quasi-religious leap）。[4]

3 參見本書，頁一〇一。

4 https://seop.illc.uva.nl/entries/camus/#SuiResAbs

卡繆所提出的二十世紀最著名的存在主義問題之一，亦即《薛西弗斯神話》中所談到的：「眞正嚴肅的哲學問題只有一個，那就是自殺。」[5]他認爲自殺問題是對一個潛在現實的自然反應，即生活是荒謬的。當生活中沒有意義時，不斷地尋求意義是荒謬的；希望死後能有某種形式的繼續存在也是荒謬的，這導致了我們的滅亡。有趣的是，即使這篇長文完全屬於存在主義的哲學脈絡，但卡繆卻否認自己是存在主義者。可以說，忽視或反對體系哲學，對理性主義幾乎沒有信心的卡繆，專注於即時和個體經驗，並據此思考諸如面對死亡時生命的意義等問題，這卻也使得卡繆的《薛西弗斯神話》成爲了與哲學本身相抗衡的「哲學」。他的荒謬哲學爲人類命運描繪出一個鮮明形象，亦即每當薛西弗斯將巨石推至山頂，它將再次滾下的永無休止的徒勞。可以說，《薛西弗斯神話》和他的另一部哲學著作《反抗者》，皆在對於生命意義的批評與質疑中提出了面對生存客觀有效的答案。

如同前面所言，卡繆哲學中出現的基本悖論涉及他的核心概念——荒謬性。接受了亞里斯多德的觀點，即哲學始於驚異（wonder）的他，認爲人類無法逃避「存在的意義是什麼？」這一提問，但卻也同時否認這個問題有答案。對他而言，人類無可避免地將尋求對於生命意義的了解，但同時也必須忍受這個提問無有答案的空虛。此在提問的衝動和不可能得到任何答案間的衝突，就是卡繆所說的荒謬。對於體認到所有的意義終將如同被薛西弗斯推至山頂卻註定

---

5 參見本書，頁二。

滾落的巨石般再次被推翻的人，所關注的不再是意義本身，如此方得以如同薛西弗斯般專注於推動巨石的行動。藉著對於荒謬的肯定，卡繆促使人從對於意義的執著轉向追求意義的行動。不再被超越型態的意義所綁架的人，因而得以如同薛西弗斯一般專注於推動石頭的過程，在與痛苦一起活著的創造行動中體驗專屬於人的自由，並因而感受到與生活經驗相聯繫的思想如何在行動中形變。因爲唯有在行動中繼續思考，才得以活成一個不被既有的價值體系所綁架，警醒地知道自己應該接受什麼或拒絕什麼的人。而此反覆歷練於生活者，也才能活成一個能夠經受得住荒謬並在其中鍛造自身的人。

對於卡繆而言，不爲了活得更好而是盡可能地去經歷的生命型態是無辜的，因爲不受任何先在的超越價值所支配，所以也無須求助於超越界，就如同卡繆所言：「人就是他自己的結局，是他自己唯一的結局。如果他想成爲某種東西，那也是在這生命中。」[6]這樣的人是在經歷命運、體驗痛苦的行動中，充分地接受和享受存在之荒謬的征服者。這樣的人能感受自己的力量，也認識到生命的偉大，他們知道眞正的生活並不在他方，而在承受命運的體驗中、在反覆的行動中不斷徒勞地重塑自身，以對於荒謬的享受反抗荒謬。

就如同卡繆自己所言：「反抗不是嚮往，不是希望。反抗只是對壓迫我們的命運的確

6 參見本書，頁九十一。

認，而不是陪伴命運的順從。」[7]並因而說，如果生命是病，那麼重要的不是痊癒，也無需想像痊癒後的狀態，而是帶病生存。若從此向度回答「如果生活沒有理性所能表達的根本目的或意義，那爲什麼要繼續生活，爲什麼要繼續理性？」這一提問，將發現對於卡繆而言，並不相信深層意義的荒謬之人在自己的侷限內自由自在，此種藝術創作般的生命型態，顯示如同以表象能力爲沒有理性的一切事物包覆上形象的智慧。他們既無畏於現成價值的權威，也不被希望所綁架，而專注於活在當下。對他們而言，生命既不爲了積累財產、名聲等諸般外在價值，也不爲了追求各種形而上的超越性，而是在體驗中耗費。就如同尼采所言：「重要的不是永恆的生命，而是永恆的生命力。」[8]

回顧卡繆的一生，父親在第一次世界大戰初期加入法軍，在馬恩河戰役中受傷，一九一四年十月死於 Saint-Brieuc（屬於布列塔尼大區）的軍醫院中。不識字的母親只能帶著他和哥哥搬到外祖母家，住在阿爾及爾的一個工人階級社區中。但在此種貧困、失怙的環境中長大的卡繆，不僅沒有感到自卑也未曾被環境的艱難壓垮，還因此使得他終生將追求正義和自由當作最重要的價值。由此也可以看出，卡繆如何不被既有條件所侷限地開創出自己生命的可能性，如何以活出自己獨特存在樣貌的姿態成爲他自己思想的實踐者。此認識到存在的荒謬性，並清醒

7 參見本書，頁五十一。

8 參見本書，頁八十三。

地面對它的英雄般的行爲，就如同卡繆在《薛西弗斯神話》中所說的：「薛西弗斯是諸神中的無產者，他無能爲力，卻充滿反叛精神，他很清楚他悲慘的生活狀況：在他向山下走去的時候，他想的就是這個。清醒造成了他的痛苦，但也完成了他的勝利。沒有蔑視征勝不了的命運。」[9]

當薛西弗斯肯認了巨石就是他的命運，肯定了存在的荒謬，判處其苦役的眾神們也就不再重要了，從此只有高山與巨石才是他的世界。將巨石推上山的行動本身就已經足以使得他心理充實，體驗著輕鬆漫步下山的薛西弗斯從此脫離了眾神而獨立，並因而得以在享受生命的徒勞與耗費中，爲自己每一趟的旅程創造出專屬於他的獨特意義。

在肯定存在的荒謬中，薛西弗斯體認到了存在的幸福；又或者是漫步下山時所體驗到的幸福感，使其對於存在的荒謬慨然稱是。藉著薛西弗斯的命運，卡繆揭示出荒謬與幸福的祕密：「幸福和荒謬是同一片大地的兩個兒子，彼此不能分離。說幸福必然誕生於對荒謬的發現也許是錯的，因爲也有可能，荒謬的情感是從幸福中產生。」[10]全然投入每日生活的薛西弗斯領略著幸福與荒謬難解的辯證關係，並以之活出自己的道理。其對於命運的愛說明了，爲何在《薛西弗斯神話》中卡繆沒有爭論「荒謬是否決定死亡？」這個問題，而是選擇勾勒出一種即使在

9 參見本書，頁一三一。
10 參見本書，頁一三一—一三二。

毫無意義的情況下仍值得活的存在方式，並以之作爲對於生活在虛無主義時代人類的獻禮。

渴望探究超越價值的人，就如同想要知道對人來說什麼是最高善（le bien suprême）的米達斯王（Midas），但西勒諾斯（Silène）所給出的答案卻是：最高善是不要出生，眾多善之中的第二個（le second des biens）是趕快去死[11]。從提問最高善的向度而言，生命是無意義的；反之，若不以最高善爲追求，那麼死亡這對於已然出生的人而言所能達到最高善的唯一方式，也就同時失去了重要性。藉著薛西弗斯的神話，卡繆引導讀者窺看那隱藏於西勒諾斯看似詛咒生命的語言對於人類的祝福，爲體驗荒謬與幸福的深諳大地之道者，於生死之外指引出潛藏於弔詭話語中的祕密。並因而說，生命無罪！而是創造屬於人的善與幸福的契機。

楊婉儀
中山大學哲學研究所教授

---

11 一個古老傳說提到，為了尋找賢明的西勒諾斯（Silène），米達斯王（Midas）在森林裡尋找，但卻徒勞無功。當最後西勒諾斯終於落入他的手中，王迫不急待地問他：「對人來說，什麼是至善？」西勒諾斯沉默了，最後終於在爆出刺耳大笑的同時說出：「可憐的短命種，偶然和痛苦的孩子，為什麼逼著我告訴你，你一無可取？至善，對你來說是絕對達不到的，它就是不出生，不要存在，什麼都不是。而在衆多善之中的第二個（le second des biens），對你來就是很快即死。」Friedrich Nietzsche, *La naissance de la tragédie* (Paris: Edition Gallimard, 1997), p. 36.

獻給
帕斯卡・皮亞*

* 帕斯卡・皮亞（Pascal Pia, 1903-1979），法國作家、記者。（本書中的腳注均為譯者注，每個章節末尾附有作者注。）

哦，我的靈魂並不嚮往不朽，而是要窮盡可能之地。

——品達*《皮托競技會頌歌》之三

---

* 品達（Pindare，西元前五一八—前四三八），古希臘詩人。

目錄

荒謬的推理

接下來的這些文字論述的是一個世紀以來散見於各處的荒謬的感覺，從嚴格意義上來說，並不是我們的時代尚不知曉的荒謬哲學。因此，出於最基本的誠實，在開始時，我們必須指出當代的某些思想對它的貢獻。我不想掩藏這一點，所以，在整部作品中，我都會引述、評論這些思想。

但是同時，我們也有必要指出，迄今爲止都被當作某種結論來對待的荒謬在本文中是被當作起點來看待的。從這個意義上，我們可以說我的評論中有臨時的成分：人們無法對其正在介入的立場做出預判。因此在這裡只有描寫，對一種精神疾病的純粹狀態的描寫。目前，還沒有任何形而上的意味，沒有任何信仰摻和進來。這是本書的界限和唯一的立場。

荒謬與自殺

真正嚴肅的哲學問題只有一個，那就是自殺。

眞正嚴肅的哲學問題只有一個，那就是自殺。對生命是否值得經歷做出判斷，這是對哲學的基本問題做出回答。剩下的，比如說世界是否有三個維度，精神世界究竟是有九個層級還是十二個層級，那都是次要的，是遊戲。首先必須回答。如果如尼采所說，一個哲學家要想得到他人的尊重，就必須以身作則，那我們就能夠理解對這個問題做出回答的重要性，因爲隨之而來的就是具有決定意義的行爲。這些當然都是心靈很容易感受到的，但是必須更加深入，使之在精神中更加清晰起來。

如果要我說，這個問題爲什麼比其他問題都要迫切，我想應該是因爲它所招致的行動。我還從來沒見過有誰爲了論證世界的本質而赴死的。伽利略手中握有重要的科學眞理，但是一旦這眞理危及他的生命，他立刻棄若敝屣。在某種程度上，他是對的。這眞理不值得讓他付出生命的代價，在柴堆上被燒死。究竟是太陽圍著地球轉還是地球圍著太陽轉，這眞是無關緊要。

直截了當地說，這就是一個微不足道的問題。但是反過來，我發現有很多人死去，是因爲他們認爲生命不值得繼續。更奇怪的是，還有些人，卻是爲了支持他們活下去的想法和幻想慷慨赴死（人們所謂的生的理由，往往也是極佳的死的理由）。因而我覺得，生命的意義要比其他問題都來得重要。如何才能回答這一問題呢？所有的關鍵問題，我想無非是有可能讓人赴死的，或是能夠無限強化人們對生的熱情的，對此，也許只有兩種思維方式，拉帕利斯[1]式的或是堂吉訶德式的。只有介於事實與抒情之間的平衡才能夠讓我們既富有激情，又不失明晰。在我們的構想中，對於一個如此微不足道又富有悲劇性的問題，我們可以想像，傳統的、學術性的辯證法應該讓位於一種更加簡樸的、來自常識與同情的精神態度。

一直以來，我們都只是將自殺當作一種社會現象來看待。但恰恰相反，我們首先要談的是個人思想與自殺之間的關係。那是一個在心裡默默醞釀的行爲，和醞釀一部偉大作品是一樣的。而自殺者本人卻並不知道。有天晚上，他開了槍，或是跳了河。有一天別人對我說，有個房產經紀人自殺了，他五年前失去了女兒，從此之後變化很大，這件事「毀了他」。也找不到更好的說法了。開始想，就是開始被毀。開始時社會和這事沒有多大關係。心裡有條蟲子在爬。必須找到這條蟲子。這一死亡遊戲，從面對存在的清晰到逃離光明之境，必須要跟著它，弄懂它。

1 拉帕利斯（Jacques II Chabannes de La Palisse, 1470-1525），法國元帥，以驍勇善戰出名。

自殺可以有很多原因，總的說來，最顯見的不見得是起到最大作用的。我們很少會在深思熟慮之後再自殺（但這個假設卻並不能被排除）。危機的起因往往是不受控制的。報紙上經常說「個人的悲傷」或是「無法醫治的疾病」。這些解釋當然有效。但是還需要知道，是不是有一天，絕望之人的某位朋友和他講話時態度冷漠。如果這樣，朋友就是有罪的。因爲這一行爲足以加劇原本懸而未決的所有怨恨和倦怠[i]。

但是，很難確定精神趨向死亡是發生在哪一個確切的時刻，其微妙的過程又是怎樣的，更容易做的是從行動本身找到它所隱含的結果。自殺，在某種程度上，就像在情節劇中一般，是一種承認。承認我們被生活超越，或者承認我們沒有理解生活。不過我們不要在這些類比上走得太遠，還是回到常用的詞語上來吧。自殺就只是承認生活「不值得」。自然，生活從來都不那麼容易。我們繼續完成存在所要求的行爲，原因有很多，但首要的原因就是習慣。願意去死則意味著我們承認——儘管可能只是本能地承認——這一習慣有多麼可笑，承認活著缺乏深層的理由，承認熙熙攘攘的日常生活實在荒謬，承認承受痛苦毫無必要。

那麼，這樣一種難以計量的情感究竟是什麼呢？它使得精神不再處在渾渾噩噩的狀態，而後者恰是生活得以繼續所必需的。一個能用種種歪理來解釋的世界畢竟還是我們熟悉的世界。但是，在一個突然被剝奪了幻覺和光的宇宙裡，人會感到身處局外。這放逐無可救藥，因爲人被剝奪了關於失去的故土的記憶，失去了對於曾被期許的樂園的憧憬。人與生活的這種分離，演員和背景的這種分離，這就是荒謬的感覺。所有健康人都想到過自殺，我們可以承認，並不需要過多的解釋，在這種情感和對虛無的嚮往之間存在著直接聯繫。

確切地說，本文的主題正在於荒謬與自殺之間的關係，我們旨在說明，究竟在何種程度上，自殺可以是荒謬的解決方案。我們可以假設，對於一個誠實的人來說，他相信什麼，就會據此不斷調整自己的行動。他如若相信存在的荒謬性，這也會支配他的行爲。他會不斷地問自己——明確地，沒有矯揉造作的悲愴——既然結論已經有了，我們是否應該儘快離開這無法理解的生存境況，這是一種合情合理的好奇心。我這裡談論的，當然是傾向於和自己達成一致的那類人。

用明確的語彙提出來，這個問題既是簡單的，亦是無解的。但是如果我們以爲，簡單的問題就只能有簡單的回答，顯而易見的問題意味著顯而易見的解釋，這可就錯了。按理說，如果我們把問題的詞項倒過來，就像要麼自殺，要麼不自殺，那麼，似乎只有兩個哲學的答案，是或否。這樣就太美好了。但是，還必須考慮到那部分總是在詢問，卻並沒有結論的人。在此我並沒有諷刺的意思：大多數人都是這樣。我還注意到，回答「不」的人，他們的行動卻表明了他們想的是「是」。因此，如果我接受尼采的標準，那他們便不過以這種或者那種方式想著「是」。相反，那些自殺的人通常倒是對生命的意義十分確定。這樣的矛盾是顯而易見的。我們甚至可以說，正是因爲在這個問題上，我們尤其期待對相反的邏輯一探究竟，這些矛盾才前所未有地如此鮮活。將哲學理論與主張這些理論的人的行爲進行對比，這是一個公共的領域。但必須說清楚，在拒絕生命有意義的思想者中，除了文學人物基里洛夫，傳奇人物貝勒格里諾

（Peregrinos）[ii]以及限於傳說範圍的朱爾．勒奇耶[2]以外，還沒有一個人邏輯行爲一致，直至拒絕生命的。我們經常提起叔本華在豐盛的飯桌前頌揚自殺的事情，並且把這當作笑談。但這沒什麼好笑的。叔本華不把悲劇當作什麼嚴肅的事情來對待，也沒有關係，但是他終究對自殺者做出了判斷。

這一切如此矛盾，如此模糊，我們是否還能夠相信，對於生命的判斷與棄絕生命的行動之間不存在任何聯繫？在這方面我們還是不要誇張。在一個人對生命的眷戀中，有某樣東西是高於人世間的一切苦難的。對肉體的判斷與對精神的判斷同樣重要，而肉體面對其消亡往往望而卻步。我們早在學會思想之前就已經習慣於活著。在這讓我們每天都離死亡要再近一點的生命進程中，身體始終往前，不可能回頭。最後，這一矛盾的關鍵寓於我所謂的「躲閃」之中。「躲閃」一詞比帕斯卡的「轉移」少點什麼，也多了點什麼。必然走向死亡的躲閃造就了本文的第三個主題，即希望。希望另一種更「值得」經歷的生命，或是撒謊說不是爲了生命本身而活著，而是爲了某個超越生命的偉大思想而活著，將生命崇高化，賦予其價值，從而背叛它。

這一切似乎越說越亂了。不過我們在此玩弄辭藻，假裝相信拒絕賦予生命意義就一定會導致宣稱生命不值得經歷，也並非都是徒勞，實際上，在這兩個判斷之間，沒有什麼必然的標

---

2 朱爾．勒奇耶（Jules Lequier, 1814-1862），戶籍登記顯示的姓為 Lequyer，法國哲學家、神學家，只留有一部未完成的遺作，據說他的作品曾影響過沙特、威廉．詹姆斯等當代哲學家。

準。我們只需要在面對我們在前面一直強調的這些混亂、不一致和自相矛盾時，不聽憑自己迷失其間。努力排除這一切，直面眞正的問題。我們自殺，因爲生命不値得經歷，也許這就是眞理，正因爲千眞萬確，所以沒什麼價値。但是這一對存在的挑釁和否定，是否源於存在毫無價値？是不是存在的荒謬性讓我們透過希望或者自殺來逃離它？這些才是我們應該加以揭示、追索和展現的，其他的都可以放在一邊。荒謬是否就要求死亡？這個問題是最最要緊的，在所有的思維方式和公正無私的精神遊戲之外。我們的研究和熱愛不考慮那類所謂「客觀」精神在所有問題上都會引入的差別、矛盾和心理分析。只需要一種不公平的思想，那就是邏輯。但這並不容易。想要合乎邏輯並不難。但是要合乎邏輯到底，這幾乎是不可能的。死於自己之手的人就是這樣沿著感情之坡而下，直到生命終結。因而，對自殺的思考使得我有機會提出我唯一感興趣的問題：是不是存在著一種能夠一順到底直至死亡的邏輯？我只有在撇除了混亂的情感後，遵循著唯一的事實之光，進行理性的推理，才能夠知曉推理的來源，在這裡我已經交代得很清楚了。這就是我所謂的荒謬推理。有很多人已經開始了這樣的工作。我不知道他們是否在堅持。

卡爾．雅斯培[3]在發現根本不可能構建統一的世界時，叫喊道：「這一限制將我帶至自身，我不需要再躲在我所表現的客觀觀點之後，而我自身或是其他人的存在對我而言也不再是

3 卡爾．雅斯培（Karl Jaspers, 1883-1969），德國哲學家、精神病學家。

客體。」在其他很多人之後，他列舉了這些思想走到盡頭的荒漠無水之地。在其他很多人之後，也許吧，但是，那些人是多麼迫切地想要擺脫啊！很多人，包括最卑微的人，都抵達過這最後的轉折關頭，思想在搖擺。他們放棄了曾經最爲珍視的生命。另一些人，他們是精神上的貴冑，他們也放棄了，但他們做出的是一種思想上的自殺行爲，是最純粹的反抗。眞正的努力卻恰恰相反，是盡可能地堅持下去，仔細觀察已經漸漸遠離之地的奇花異草。對於這一非人類的遊戲來說，堅持、敏銳是最爲恰切的觀察者，因爲在這裡，荒謬、希望和死亡彼此爭辯、駁斥。這一基本又難以捉摸的舞蹈，思想需要對其各種符號（figure）進行分析，然後再加以展示，重新經歷。

我發現有很多人死去，是因為他們認為生命不值得繼續。更奇怪的是，還有些人，卻是為了支持他們活下去的想法和幻想慷慨赴死。

自殺，在某種程度上，就像在情節劇中一般，是一種承認。承認我們被生活超越，或者承認我們沒有理解生活。

一個能用種種歪理來解釋的世界畢竟還是我們熟悉的世界。但是，在一個突然被剝奪了幻覺和光的宇宙裡，人會感到身處局外。

我們早在學會思想之前就已經習慣於活著。在這讓我們每天都離死亡要再近一點的生命進程中，身體始終往前，不可能回頭。

荒謬之牆

就像仇恨能將人與人連接在一起一樣，荒謬也將人與世界緊緊聯繫在一起。

和偉大的作品一樣，深邃的情感總是比其有意識地表達的要多。心靈對一件事情的堅持或厭惡往往透過一個人習慣性的所做所思得到反映，在心靈尚不自知的結果中得以繼續。偉大的情感自有天地，或燦爛或悲慘。偉大情感的激情照亮了一個排他的世界，又於其中找回了自己獨有的環境。所謂天地，有嫉妒的天地，有野心的天地，有自私或者慷慨的天地。所謂天地，是形而上的，是精神的一種態度。已經得到專門定義的情感固然眞實，但成爲其基礎的、不確定的激情更加眞實，後者和美或者荒謬在我們身上激起的感覺一樣，既混亂，又「確定」，既遙遠，又「現世」。

無論在哪條小路的拐角處，荒謬情感都會直接撲向任何一個人。就這樣，赤裸裸地，令人氣惱，亮而無光，根本抓不住。但是抓不住本身就是值得思索的。一個人有可能對我們而言永遠是陌生人，在他身上，總有點什麼爲我們所不知的、不能復原的東西。但**實際上**，我認識他們，能透過他們的行爲分辨出他們，從他們行爲的總和中，從他們的生活歷程所帶來的結果中。同樣，所有這些非理性的、無法分析的情感，我**實際**上也是能夠定義的，**實際上**可以加以欣賞，將所有的結果歸於智識的範圍內，抓住它們，描繪它們的面貌，勾勒它們的一方天地。可以肯定的是，表面上，同一個演員我看過一百遍，也並不見得能對他有更深的了解。但是，如果我把他所表演的人物都加起來，此時我說，待我看到他演第一百個人物的時候，我對他的認識就會稍微深入了一些，這話在某種程度上並不算錯。因爲這個表面上的矛盾也具有一定的寓言意義。其中隱含著某種道理。它告訴我們，一個人既可以透過他的表演得到定義，也可以透過他眞誠的衝動得到定義。就是這樣的，一種更低的語調，或是深藏內心，無從觸碰，但會不知不覺地被人們的行爲或是隱含的精神態度部分出賣了的情感。大家能夠感覺到，我就是這樣界定了一種方法。但大家也能夠感覺到，這更是一種分析，而不是一種知識。因爲方法意味著形而上，會不知不覺地背叛了方法本身無法預知的結論。因此，一本書的開頭往往已經包含了結尾。這是無法避免的。這裡界定的方法表明，全眞的知識是不可能的。只有表象可以被一一列舉，只有環境可以得到感知。

這一無法捉摸的荒謬感，也許我們能夠從不同但彼此相近的世界——智識、生活的藝術或藝術本身——抵達。荒謬的環境是開始。結局，是荒謬的世界，是用自有的日光照亮世界的精神態度，讓它能夠辨識的、這特殊而無情的面貌煥發出榮光。

＊　＊　＊

所有的偉大行動和偉大思想究其開端都不值一提。偉大作品通常誕生於一條小街的拐角，或是餐館的小門廳。荒謬也是如此。相較於其他世界，荒謬世界更是在其卑微的出生中覓到了高貴。對於思想本質的問題，在某種境況下回答說「不存在」也可能是一種裝腔作勢。被愛的人很清楚。但是如果這一回答是眞誠的，如果它形象地表達出靈魂的某種獨特狀態，亦即虛無變得很有說服力，日常的行爲鏈完全被斬斷，心靈在徒勞地尋求重新連接起來的機會，那麼，這一回答就是荒謬的第一個標誌。

有時布景會坍塌。起床，電車，四小時待在辦公室裡，或者在工廠裡，吃飯，然後再是電車，四小時的工作，吃飯，睡覺，週一週二週三週四週五和週六，都是同樣的節奏，大多數的時間裡，這條路也不會有什麼問題。只是有一天，突然間就問了個「爲什麼」，於是，在這份驚訝所掩藏的厭倦中，一切開始了。「開始」，這非常重要。機械生活一系列的行爲之後，結局必然就是厭倦，但是，它也開啟了意識。它驚醒了意識，然後再繼續下去。繼續下去，要麼是無意識地回到鏈條上，要麼是大澈大悟。隨著時間的推移，在大澈大悟的盡頭，結果到來：自殺或者自癒。厭倦本身含有某種揪心的東西，在這裡，我必須下的結論是，厭倦的情緒是好的。因爲，一切都開始於意識，如果不是經過意識，沒有什麼是有價值的。上述這些話沒有什麼特別之處，但很顯然，對荒謬的來源有些粗略的了解已是足夠。簡簡單單的「擔憂」二字就是一切的源頭。

同樣，對於毫無光彩的生活來說，是時間支撐著我們。但是總有這樣的時刻，我們必須支撐著時間。我們是靠未來活著的：「明天」，「以後」，「等你的機會來了」，「隨著年齡的增長，你會明白的」，這些彼此矛盾的話語還是值得欣賞的，因爲終於涉及死亡。但是，突然，某一天，一個人發現，自己三十歲了。他確認了自己的青春。但同時，他也在時間上給自己定了位。他找到了自己的位置。他承認，他處在時間曲線上的某個時刻上，他承認這條時間曲線他是必然穿越的。他屬於時間，他感到一陣恐懼，正是在這之中，他認出了自己最有力的敵人。明天，就在他原本應該拒絕的時刻，他還期待著明天。這種肉身的反抗，就是荒謬[iii]。

還有一種略低一籌的層次，就是陌生感：發現這個世界是「厚重」的，突然發現一塊石頭竟然那麼陌生，無法克服，發現大自然或是某處的風景竟然那麼強烈地否定我們的存在。在任何一種美的深處，都有某種非人的東西在，而那些山巒，天際溫柔的弧線，那樹影，就在某一刻，這一切失去了我們曾經賦予它們的虛幻的意義，從此之後比失去的天堂還要遙不可及。於是，世界最原初的敵意穿越了幾千年的歲月，朝著我們撲面而來。在這一秒鐘，我們不再理解這個世界，因爲多少個世紀以來，我們只是用我們事先貼合的圖案和形象來理解它，但從此之後我們不再有力量去使用這種人爲的方法。世界重新變回原來的面貌，我們不再能夠有所把握。這些爲習慣所遮蔽的布景又變回原來的樣子。它們遠離了我們。就像有些時候，我們突然發現自己熟悉的女人的面孔突然變得陌生，而這是我們幾個月或者幾年前愛過的人啊。也許我們也會對這讓我們突然間變得如此孤獨的東西產生欲求，但是這一時刻尚未來臨。只有一件事要說：世界的這份厚重和陌生，就是荒謬。

人散發出非人的氣味。在某些清醒的時刻，他們那行爲舉動中機械的那一面——毫無意義的矯揉造作，讓他們周圍的一切變得如此愚蠢。一個人在玻璃隔板後面講電話，我們聽不見他的聲音，但是我們看得見他那些毫無意義的手勢，我們在想他活著究竟有什麼意義。面對人本身的非人性（inhumanité）所感到的不適，在我們自身的形象前的這份無法估量的墮落，這種被我們當今的某位作家稱爲「噁心」的感覺，就是荒謬。還有在某些時刻，我們在鏡子裡看到的那個陌生人，我們在自己的照片上看到的那位雖然熟悉，卻令我們如此不安的兄弟，這也是荒謬。

我終於可以談談死亡了，還有我們對於死亡的情感。關於這一點，一切都已經說盡，我們也必須謹慎地避開其中悲愴的成分。然而，大家都活著，卻好像沒有人「知道」，對此人們還是驚訝不已。這是因爲，實際上，沒有人擁有關於死亡的經驗。從嚴格意義上來說，只有經歷過並且進入意識裡的一切，才是人眞正體驗過的。在這裡，我們只能說，是否有可能談論別人的死亡。這是一個替代品，是一種精神的視角，對此我們從來都不那麼確信。這一帶有憂鬱色彩的約定俗成並不那麼具有說服力。恐懼感實際上來自該事件可以計算的一面。如果說時間讓我們感到害怕，那只是因爲它在我們的眼前有所展現，而解決辦法隱於其後。一切關於靈魂的美好說辭都要暫時透過去九法[1]對其反面加以驗證。身體已經麻木，耳光扇上去也沒有什麼反

1 去九法，一種驗算加減乘除的方法，最早可以追溯到薩珊王朝，用於檢驗貿易中的運算是否正確。

應，靈魂已經消失。這一偶然事件基本的、決定性的一面構成了荒謬情感的內容。在這一命運的致命的照耀下，無用感顯現了。在規定我們的生存條件的令人泣血的計算前，再也沒有任何道德或努力無須驗證就得到辯解。

再一次，這一切說了又說。在此，我僅僅是做一個迅速的分類，列出顯見的主題。這些主題充斥著所有文學和哲學。每天的談話內容也從中汲取了不少養料。沒有必要重新發明主題。但是必須確認這些顯而易見的主題，方才可以在其後直奔最關鍵的問題。我需要再重複一遍，我感興趣的，並非對荒謬的發現，而是荒謬的後果。如果我們對這些事實有所確認，我們應該得出什麼樣的結論？不加以躲閃，我們會走到哪裡？是應該自願赴死，還是雖經歷一切仍心懷希望？在此之前，我們在智識上也應該做同樣迅速的篩查。

＊　＊　＊

在精神上，第一個步驟應該是分清眞僞。但是，一旦思想開始思考自身，它最先發現的，就是一個矛盾。此時想要具有說服力是徒勞的。幾個世紀以來，再也沒有人比亞里斯多德說得更清楚、更考究的了：「這些意見通常自相矛盾，因而結果也未免可笑。因爲倘若我們說一切都是眞的，我們就等於肯定了反命題之眞，這樣一來，也肯定了我們自身的命題之僞（因爲對反命題的肯定不能接受這個命題之眞）。而我們如果說一切皆僞，這一命題本身也就是錯的。如果我們宣稱，唯獨反命題是錯的或是只有我們的命題是對的，我們也就不得不接受眞的判斷和僞的判斷都是不可窮盡的。因爲一個眞的判斷在宣稱自己之眞的同時，也在宣稱其他一系列眞的判斷，直至無窮。」

這一惡性循環還只是一系列惡性循環的第一個，精神一旦專注於自身，便陷入了令人眩暈的漩渦之中。正因爲這些矛盾本身的簡單性，所以它們是無法克服的。無論什麼樣的語言遊戲，無論什麼樣的邏輯花招，理解首先就是統一。在最前沿的方法中，精神最深層的欲望連接上人面對他的世界時下意識被激發的感情，他要求世界是熟悉的，對清晰有本能的渴望。對於人來說，理解這個世界，就是將之簡化成人的世界，蓋上他自己的印記。貓的世界與食蟻獸的世界完全不同。「所有的思想都是擬人化的」，講的就是這個意思，是不言自明的道理。因而，只有將現實轉化爲思想的語彙後，精神才會覺得理解了現實。如果人認爲，世界和他一樣，也會愛，也會痛苦，他就會妥協。如果思想能夠在千變萬化的鏡像中尋得永恆的現象和關係，能夠將之或者將自身概括爲唯一原則，那幸福就不是問題了，而關於眞福者的神話就只是可笑的贋品。這種對統一的懷念，對絕對的嚮往，揭示了人類悲劇最爲關鍵的進程。儘管這種懷念是事實，但並不意味著我們應該立刻放下。因爲，倘若我們跨越了橫亙在欲望和征服之間的深淵，和巴門尼德[2]站在一邊，認爲眞實是同一的（無論是什麼樣的同一），我們就掉入了精神可笑的矛盾之中：一方面是在宣稱完全的同一，另一方面卻在宣稱中就昭示了它致力於解

2 巴門尼德（Parménide，西元前五一五—前五世紀中葉以後），古希臘哲學家，認為存在是真實的、不動的。

決的差異和多樣性。這是另一個惡性循環，而它已經足夠熄滅我們的希望。

這還都只是些顯而易見的事實。我再次申明，這些事實本身並沒有什麼意義，意義蘊藏在可能從中得出的結論中。我還知道另一個顯而易見的事實：所有人都是要死的。但是我們能夠歷數從中得出極端結論的思想。在本文中，我們必須時刻意識到，在我們自以爲知曉的和我們眞正知曉的之間，在出於實用的默許和故作無知之間，存在著永恆的距離。故作無知讓我們能夠懷著某些想法活下去，而倘若眞正體驗到其中滋味，恐怕整個生活都會因此遭到顚覆。在這一團思想的亂麻前，我們恰恰可以抓住我們與我們的創造物之間的分離。只要精神能夠在不變的希望世界中沉默，一切就能夠在對希望的追念中得到反映，秩序井然。但是在最初的時刻，這個世界就分裂了，坍塌了：無數閃光的碎片在認知前閃現。我們必須絕望，不要再想著重建讓我們心靈得到安寧的熟悉而又寧靜的表面。在經歷了那麼多個世紀的探索，看到那麼多思想者放棄之後，我們很清楚，對於任何認知而言，這都是眞的。除了專業的唯理論者之外，今天我們已經對眞正的知識感到絕望。如果眞正想要寫唯一一部有意義的人類思想史，恐怕該寫的就是追悔與無能組成的思想史。

對於任何人，對於任何事，我又怎麼敢說「我了解」呢！我的這顆心，我能夠感受到，能夠判定它的存在。而這世界，我能夠觸摸到，也能夠判定它的存在。這就是我掌握的科學所能抵達的一切了，剩下的一切都是構建。因爲如果試圖抓住我確認的這個自我，如果我試圖定義它，概括它，它就成了在我指間流走的一滴水。我能夠一一描繪出這個自我曾經呈現出的面貌，也能夠一一描繪出人們賦予它的面貌：教育，出身，熾熱或沉默，高貴或卑賤。但是人們不能將這些面貌相加。我的這顆心，屬於我的心，我永遠無法定義它。在我對自己存在的確認與我試圖描述的這份確信的內容間，存在著一條永遠無法塡補的鴻溝。從此之後，我永遠都將是自己的陌路人。無論是在心理意義上還是在邏輯意義上，眞相眾多，但同時眞相也並不存在。蘇格拉底所謂的「認識你自己」和我們告解室上刻著的「要有道德」具有同等價値，都揭示了人們的懷念和無知。不過是重大主題的可憐的遊戲罷了。恰恰就是因爲它們不夠確切，它們才是合理的。

還有這些樹，我了解它們凹凸不平的表面，我了解水的味道。我了解青草的芳香，我了解星星的夜晚，那些個夜晚，我的心徹底放鬆了下來，我又如何能夠否認對於這世界，我也體會到了它的能量、它的力量？但是，地球上的所有科學都無法保證這世界是我的。你們向我描繪它，你們教會我分類。你們列舉了這個世界的法則，而我出於對知識的渴望，承認這些法則都是眞的。你們揭示了世界的運行機制，我的希望與日俱增。到最後，你們告訴我，這個充滿魅力、五顏六色的世界分解成原子，而原子又分解爲電子。這一切都很好，我於是期待你們繼續下去。但是你們和我說，有一個看不見的行星系，電子圍繞著某一個核心運轉。你們用圖像來解釋這個世界。我承認你們最後又回到了詩：而我永遠都不會了解。我有時間對此感到氣憤嗎？你們已經換了理論。就這樣，本該教明白我的科學最終又回到了假設，清晰又回到了隱喻，這份不確切最終變成了藝術作品。我又爲什麼要付出這麼大的努力呢？我從山脊柔和的線條以及晚上覆在激動不已的心臟上的手得到的也許還要多很多。我重新回到了起點。我終於明白，即使我能透過科學捕捉到種種現象，並將之一一列舉出來，我也並不能夠就因此理解了這個世界。即便一一摸遍了這世界的起伏，我對這個世界的了解也並不因此而多一分。於是你們讓我在描述和假設之間做出選擇，要麼是確切的描述，但我從中學不到任何知識；要麼是能夠教會我一些什麼的假設，但一點也不確切。我自己以及這個世界對我而言都是如此陌生，所擁有的救援不過是自要判斷些什麼的時候便進入了自我否定的思想，這是怎樣的一種狀況啊，我只有在拒絕獲取知識、拒絕生存的時候才能夠獲得安寧，而征服的欲望全都撞在了一字排開準備攻擊的高牆上。擁有願望，就是挑起種種矛盾。一切都是井然有序，這樣被下了毒的安寧就產生了，透過內心無憂無慮、昏昏欲睡，或是致命的放棄而獲得的安寧。

智識也以獨特的方式告訴我，這個世界是荒謬的。而智識的對立面，即盲目的理性則徒勞地宣稱，一切都是明晰的。於是我等著證據，也希望理性的確有它的道理。但是，這麼多個自命不凡的世紀過去了，有那麼多能言善辯之人，我很清楚，這不是眞的。至少在這方面，如果不是我有所不知，還眞的沒有所謂的幸福。所有誠實的人，對這所謂的普遍理性，無論是實踐意義的，還是倫理意義的，對這類決定論，這類能夠解釋一切的範疇，都只會感到好笑。這一切和人類的精神沒有什麼太大關係。它們否定的眞相，亦即眞正的眞相是被遮蔽的。在這已經無從辨識的、受限的世界裡，人類的命運從此有了意義。一群非理性的人站了起來，圍住它，直至最後。在如今取得一致的、重新擁有的洞察力的幫助下，荒謬的情感逐漸清晰，逐漸明確起來。我說世界是荒謬的，但我的進程太快了。我們能說的，也就是世界本身是非理性的。但是荒謬之處在於，這份非理性遭遇了人在內心深處強烈呼喚著的想要清楚地認識這一切的欲望。荒謬取決於這個世界，同樣取決於人。目前它是人與世界之間的唯一聯繫。就像仇恨能將人與人連接在一起一樣，荒謬也將人與世界緊緊聯繫在一起。在這無可救藥的、只能聽憑冒險的世界裡，這就是我所能夠清晰辨認的一切。我們暫且到此爲止。如果我眞的認爲荒謬性就是支配我與生活之間關係的規律，如果我堅信這份在世界種種景觀前令我揪心的情感，堅信科學研究強加於我的這份洞察力，我就需要不惜一切代價以確保這一切無虞，並且，需要正視它們，才能夠對此有所掌握。尤其是，我要讓自己的行爲符合這一切的要求，無論產生什麼樣的結果，都必須接受。我在這裡講的是正直。但是我想早一些知道，思想是否能夠在這樣的荒漠中繼續存活。

* * *

我已經知道，至少，思想已經進入了這樣的荒漠。思想找到了它賴以生活的麵包。它在荒漠中了解到，一直到此刻，是幻想的幽靈滋養了它。它爲人類思考最爲急迫的若干主題提供了藉口。

荒謬自得到承認的那一刻起，就成了一種激情，而且是激情中最爲令人心碎的一種。但是知道能否滿懷激情地生活，知道能否接受激情的深層法則，亦即它在激蕩人心的同時也會焚毀了這顆心，這是問題的關鍵。但這並不是我們要提出的法則。這一法則位於這種經驗的中心。我們以後再談。現在我們還是來看看誕生於荒漠的這些主題和衝動吧。只須一一列舉出來。今天，所有人都了解這些主題。總有一部分人在捍衛非理性的權利。那類我們稱之爲委曲求全的傳統一直都在。理性主義的批評似乎太多了，以至於再也沒什麼好說的。但是在我們這個時代，總是有些不合情理的體系出現，給理性使絆子，好像理性眞的義無反顧勇往直前似的。與其說這證明了理性的有效性，還不如說這證明了理性還有蓬勃的希望。在歷史的層面，這兩種態度的對峙只是證明了人類永遠在這互相矛盾的激情之中撕扯，一頭是對統一的嚮往，另一頭則清醒地意識到自己可能會身陷怎樣的藩籬。

但是，也許在我們這個時代，理性遭受了從未遭受過的強烈攻擊。查拉圖斯特拉[3]高喊道：「偶然是世界上最古老的貴族。當我說，沒有任何永恆的意願可以超越萬物之時，我就把偶然還給了萬物。」齊克果[4]得了致命的病，他說「這病抵達死亡，而死亡之後再無其他」。自他們之後，荒謬那意義深遠、令人痛苦的主題便層出不窮。或者至少——而這微妙的差別非常重要——非理性的思想和宗教思想中的荒謬主題便層出不窮。從雅斯培到海德格，從齊克果到舍斯托夫[5]，從現象學家到謝勒[6]，在邏輯的層面也罷，在道德的層面也罷，因相同的懷舊情結彼此相近，而在方法和目標上又大相徑庭的所有思想都熱衷於堵上理性的金光大道，從

3 查拉圖斯特拉（Zarathoustra），相傳是西元前七世紀到前六世紀之間，生活在今天的伊朗的一位「先知」。引文出自尼采著名的《查拉圖斯特拉如是說》。

4 齊克果（Kierkegaard, 1813-1855），丹麥哲學家。

5 舍斯托夫（Léon Chestov, 1866-1938），俄國哲學家。

6 謝勒（Scheler, 1874-1928），德國哲學家。

而重新找回抵達眞理的捷徑。我在這裡假設這都是爲我們所熟知和體驗過的思想。無論其野心是什麼，或者曾經是什麼，所有的一切都從這難以形容的世界中消失了，因爲這個世界就只有矛盾、悖論、恐懼和無奈。而這些思想的共同之處，也就是我們在此所昭示的這些主題而已。對於這些主題也是一樣，我們必須說，重要的仍然是從發現中得到的結論。正因爲太重要，所以我們需要對結論另加考察。但是就目前來說，我們談論的還只是發現本身和最原初的經驗本身。我們只是試圖發現它們之間的一致性。如果說，想要討論它們牽涉到的哲學過於自負，無論如何，感受一下它們共同的氣氛至少是可能的，也已經足夠。

海德格可不看好所謂的人類狀況，他宣稱人類的存在已受玷汙。唯一的事實，是所有不同層級的存在都會有「憂慮」。對於已經迷失在這個世界的燈紅酒綠中的人來說，這憂慮卻也只是短暫的、一閃而過的懼意。但願這份懼意能夠意識到自身的存在，並且變爲眞正的害怕，這才是適合一個清醒的人能夠「重新找回存在」的不變的氛圍。這位哲學教授毫不猶豫地用人世間最爲抽象的語彙寫下「人類存在的有限性與侷限性要比人類自身更爲重要」。他對康德有一定的興趣，但只是爲了揭示「純粹理性」的有限性。在其分析的最後，他總結說，「面對恐懼的人，世界已一無所有」。這份憂慮在他看來，已然全面超越推理的範疇，他只想著它，只談論它。他一一列舉它所能有的面貌：平庸之人試圖將之劃入日常，使之失卻方向，於是它便是煩惱的面貌；而精神直面死亡時，便是恐懼。海德格也沒有將意識與荒謬分離。對於死亡的意識源於對它的擔憂，於是「存在透過意識呼喚自己」。死亡就是焦慮的聲音，它懇求存在「從平常肉身的消失重回自身」。平常肉身也不應當沉睡，而是應該警醒著，直至消耗殆盡。

它站立於這個荒謬的世界之上，對其容易墮落的本質予以指責。它在存在的廢墟中找尋自己的道路。

雅斯培對一切本體論感到絕望，因爲他希望我們不再「幼稚」。他知道我們無論如何也無法超越表象的致命遊戲。他知道精神的盡頭只能是失敗。他游弋在歷史呈現給我們的精神奇遇上，無情地歷數種種體系的失敗之處，自認爲拯救了一切的幻想，以及毫無遮掩的說教。既然已經論證了認識世界的不可能性，唯一的事實是虛無，我們絕望得無可救藥，世界一片荒蕪，於是他能夠有的唯一態度，就是嘗試著找到通向神祕之境的阿麗亞德妮[7]線團。

舍斯托夫的著作則總是萬變不離其宗，致力於不懈地揭示同樣的眞相，即最爲嚴謹、最爲普遍的理性到頭來也總是撞在了人類思想的非理性上。他不曾放過任何貶損理性的機會，不論是充滿諷刺意味的表象，還是荒唐的自相矛盾。心靈史或是精神史唯一令他感興趣的東西就是例外。透過杜斯妥也夫斯基筆下死囚的經驗，透過尼采暴烈的思想歷險，透過哈姆雷特的咒罵或是易卜生筆下某位苦澀的貴族，他探索、揭示、歌頌人類面對無可救贖時的反抗。他拒絕用理性來澄明這些道理，而是下決心邁向這沒有色彩的荒漠，在那裡，所有的確定都已經石化。

在所有人當中，齊克果也許是最感人的，至少從他的存在的一部分來說如此，他不僅是努

7 阿麗亞德妮，希臘神話中的女神，她曾用小線團幫助英雄特修斯逃出迷宮。現在用「阿麗亞德妮線團」比喻解決問題的辦法。

力發現荒謬，更是體驗荒謬。他說過，「最可靠的緘默不是不說話，而是說出來」，因而，他一開始就要確信，絕對眞理並不存在，所以也不可能使得自身不可能的存在變得完滿。這位認知論上的唐璜，有很多筆名，自相矛盾，他在寫《布道詞》這樣的作品的同時，居然還在寫犬儒主義唯靈論教材性質的《誘惑者日記》。他拒絕安慰、道德以及所有可供心靈暫且得到安寧的原則。對於他心裡感到的這根刺，他想著的不是努力去平息它所帶來的痛苦。相反，他喚醒了痛苦，帶著十字架上受難者那種絕望的快樂和滿足，一點點地，用清醒、拒絕、喜劇性締造出了一系列魔鬼。這一張既溫和又嘲諷的臉，這種迴旋，隨後是從靈魂深處發出的喊叫，就是荒謬的精神與超越它的現實之間的搏鬥。而將齊克果帶向他那些代價昂貴的醜聞的精神歷險，恰恰也是在一片混亂中開始的，同樣是脫離了布景的經驗，回到了最初的不和諧的狀態。

在另一個完全不同的層面，亦即方法的層面，胡塞爾[8]和現象學家們用誇張的方式重建了多元的世界，他們否認理性具有先驗的權力。精神世界隨之得到難以估量的豐富。玫瑰花蕊，公里計數的界碑，人的手和愛、慾望或是萬有引力定律具有同樣的重要性。思考不再是統一，不再是使看上去以大原則面貌出現的表象變得通俗易解。思考是重新學會看，重新變得專注，對意識進行引導，就像普魯斯特那樣，將每一個念頭和每一幅畫面變成享有優先權的領地。但矛盾的地方在於，一切都變得具有優先權。能夠爲思想進行辯護的，恰恰是其極端的意識。然而，爲了比齊克果或舍斯托夫更加正面，胡塞爾開始時否定了理性的經典方法，打破了希望的

8 胡塞爾（Husserl, 1859-1938），德國哲學家，現象學創始人。

幻想，爲一系列豐富的現象敞開直覺和心靈的大門，而如此豐富的現象中卻包含某種非人類的東西。這些道路也許能夠通向一切科學，或者又無法抵達任何一門科學。也就是說，在這裡，方法本身遠比結局來得重要。它不是安慰，只是「爲了認識而採取的一種姿態」。再說一次，至少在開始時如此。

對於這些思考之間深層的親緣關係，我們又如何能不感受到呢！我們當然都會看到，他們選擇圍繞這片或那片優先的領地，不再有希望，充滿苦澀。我希望的是，要麼一切都能夠給我解釋清楚，要麼就什麼都不要解釋。而在心靈的喊叫前，理性顯得如此無力。應這種要求醒來的精神在摸索著，找到的只是矛盾和非理性。我不理解的就是沒有道理的。世界到處都是這樣的非理性。因爲我不理解這個世界唯一的意義，這個世界就只能是一個巨大的非理性所在。哪怕就只說上一次，說「這是清楚的」，那就得救了。但是這些人爭先恐後地宣稱，沒有什麼是清楚的，一切都如此混亂，而人能夠保留的就是對圍繞著他的牆有清晰準確的認知。

所有這些經驗都彼此驗證，協調一致。抵達邊界的精神應當有所判斷，選擇屬於自己的結論。這裡是自殺和答案的所在。但是我想把探索的順序倒過來，從智慧的探險出發，再回到日常。這裡列舉到的經驗統統誕生於絕不應當離開的荒漠。至少應該了解這些經驗究竟抵達何處。就這樣，憑藉努力，人來到了非理性的面前。他在自己身上感受到了對幸福和理性的渴望。荒謬就誕生於此：人類的呼喚與世界非理性的沉默之間的對峙。我們不應該忘記。應該緊緊抓住它，因爲生命的所有結果都可能由此而來。非理性、人類的懷念之情以及從兩者之間生出的荒謬，這就是這齣戲的三個人物，這齣戲必然和存在可能具有的全部邏輯一起完結。

有時布景會坍塌。起床，電車，四小時待在辦公室裡，或者在工廠裡，吃飯，然後再是電車，四小時的工作，吃飯，睡覺，週一週二週三週四週五和週六，都是同樣的節奏，大多數的時間裡，這條路也不會有什麼問題。只是有一天，突然間就問了個「為什麼」，於是，在這份驚訝所掩藏的厭倦中，一切開始了。

對於毫無光彩的生活來說，是時間支撐著我們。但是總有這樣的時刻，我們必須支撐著時間。

對於人來說，理解這個世界，就是將之簡化成人的世界，蓋上他自己的印記。

在我對自己存在的確認與我試圖描述的這份確信的內容間，存在著一條永遠無法填補的鴻溝。從此之後，我永遠都將是自己的陌路人。無論是在心理意義上還是在邏輯意義上，真相眾多，但同時真相也並不存在。

即使我能透過科學捕捉到種種現象，並將之一一列舉出來，我也並不能夠就因此理解了這個世界。

哲學意義的自殺

和痛苦一起活著，繼續思考，知道自己應該接受什麼，拒絕什麼。

荒謬的感覺並不因此就成了荒謬的概念。荒謬的感覺締造了荒謬的概念，僅此而已。除了在短暫的瞬間，荒謬感也會對世界做出判斷之外，它並不能被抽象為荒謬的概念。它還需要走得更遠。荒謬的感覺是鮮活的，也就是說，要麼消失，要麼進一步引起反響。我們集聚的主題也是。但在這一點上也一樣，我眞正感興趣的並不是透過另一種形式或者另一種範疇來批評某些作品或者思想，而是發現這些作品或者思想的結論中所包含的共同之處。或許思想從未曾像今天這般，分歧如此之大。但我們還是發現，它們開始行動的精神面貌都是一致的。同樣，儘管借助的科學方式各不相同，道路到了盡頭所發出的那一聲叫喊卻同樣揪心。我們能夠感覺到，我們提起的所有這些思想具有同樣的氛圍。如果說這氛圍是致命的，這或許勉強算是文字遊戲吧。在如此令人窒息的天空下生存，這要求我們，要麼出局，要麼留下。如果是前者，那就要知道怎麼出局；如果是後者，則要知道為什麼留下。我如此來定義自殺的問題，說明我們爲什麼會對存在哲學的結論感興趣。

我想先暫時離開一下正題。現在，我們可以從外圍來確定荒謬的界限了。然而，我們還是可以思考一下，荒謬的概念究竟明確地包含一些什麼，一方面透過直接的分析來找到它的含義，另一方面則對其帶來的結果有所了解。

如果我指控一個無辜的人犯下了一樁可怕的罪行，如果我跟一個恪守道德的人說他在覬覦自己的親生姊妹，這個人一定會回應我說，太荒謬了。他的憤怒固然有可笑的地方，但也有其深層的原因。這個恪守道德的人透過他的反駁展示了在我歸於他的行爲與他一生的原則之間存在著終極矛盾。「太荒謬了」意味著「這根本不可能」，也意味著「這是矛盾的」。如果我看見一個人赤手空拳衝向一群機槍手，我會覺得他的行爲是荒謬的。之所以說他荒謬，是因爲在他的意圖與等著他的實際結果之間不太相稱，是因爲我覺得他的實際力量與他想要實現的目標之間存在著矛盾。同樣，如果某項裁決與表面上的事實所要求的裁決是相反的，我們就覺得這個裁決是荒謬的。同理，所謂荒謬的推理，就是將推理的結果與我們試圖建立的邏輯事實放在一起兩相比較。在所有這些情況中，從最簡單的到最複雜的，我們進行比較的兩項之間距離越大，荒謬性也就越大。有荒謬的婚姻、挑戰、怨恨、沉默、戰爭，也有荒謬的和平。無論是什麼，沒有比較都不會有荒謬。因而我有充分理由認爲，荒謬並非產生於對事實或是印象的簡單審視，而是產生於對一個事實狀況和另外某個現實的對比，是將行動和超越行動的世界放在一起比較產生的。荒謬本質上是一種分離。它既不會存在於比較的一方，也不會存在於比較的另一方。只有兩方相遇，才會有荒謬產生。

而從智識方面來看，我可以說，荒謬既非歸於人這一方（如果這樣的類比有意義的話），也不該歸於世界的一方，而是只有當兩者同時出現，才會有荒謬產生。到目前爲止，這是兩者之間唯一的聯繫。倘若我願意停留在顯見的事實上，我便會知道人要什麼，我也會知道世界會給人提供什麼，而現在我可以說，我還知道，將兩者聯繫在一起的是什麼。我不需要挖掘得更深。對於找尋的人來說，只要確認一件事情就夠了。只要從中提取出所有的結果即可。

立即能夠得出的結果同時也是一種方法規則。我們昭示天下的奇特的三位一體說可不是什麼新大陸。但是它和所有的經驗材料具有共通之處，那就是它既出奇簡單，又異常複雜。從這個角度來說，它的第一個特點就在於，它是不可拆分的。如果去掉其中一項，那就毀了全部。若是超出了人類精神的範疇，就不會有荒謬之說。因此荒謬和所有事物一樣，都是隨著死亡的來臨終結的。但是同樣，也不會有超出世界的荒謬。正是基於這一基本標準，我認爲荒謬的概念是本質性的，可以代表我所有眞理中的第一條。上面所說的方法規則在這裡出現了。如果我判斷說一件事情是眞的，我就必須將它保留下來。如果我要解決某個問題，至少我不應該用這種解決去掩蓋掉問題的一個方面。對於我來說，唯一的已知條件就是荒謬。問題在於知道如何從荒謬中走出來，知道能否從這荒謬中演繹出自殺的結果。我的首要探索，同時也是唯一的條件就是保留它，因而尊重我認爲其中最爲本質的東西，哪怕它給我帶來了巨大的壓力。因此，我才將之定義爲一種對峙和永不停歇的鬥爭。

我必須承認，倘若將荒謬的邏輯一推到底，這樣的鬥爭便意味著徹底喪失希望（和所謂的絕望完全不是一回事情），是一種持續的拒絕（我們不應該將之和放棄混爲一談），一種有意識的不滿足（我們也不應該將之與青春期的焦慮混在一起）。而所有一切摧毀、回避、減少這些要求（首當其衝的是對於消除分歧的贊同）的態度則是毀了荒謬，同時也使我們可能採取的態度變得沒有意義。只有我們不贊同荒謬的時候，它才是有意義的。

* * *

有一個看上去沒什麼道德問題的顯而易見的事實，那就是人總是他的眞理的獵物。眞理一旦得到承認，就沒有辦法擺脫了。總是要付出一點代價。一個人，倘若意識到荒謬的存在，從此便再也無法擺脫它。一個沒有希望並且意識到這一狀況的人不再屬於未來。這是秩序之內的。但是竭盡全力逃避自己創建的世界也在秩序之內。只有認清楚這個悖論，此前的一切才有意義。從這個角度上來說，現在最具教育意義的事情莫過於審視那些從對理性主義的批判出發，意識到了荒謬氛圍的人是以何種方式走向結果的。

但是，如果我堅持存在主義哲學，所有存在主義哲學給出的方案都是逃離。從荒謬出發，基於理性的廢墟，透過某種奇特的推理，在一個封閉的、有限的人類世界裡，他們將壓垮他們的東西神聖化了，在讓他們一無所有的世界裡，找到了希望的理由。這種強制性的希望在所有本質上具有意味的思想中都存在，值得我們停留一下。

我在這裡僅以舍斯托夫和齊克果特有的幾個主題爲例。但是走得太遠以至於有些誇張的雅斯培將爲我們提供這種態度的範式。其餘的會變得更清晰。我們看到雅斯培在先驗上無能爲力，在探測深層的經驗上無能爲力，從而最終意識到這個被失敗顛覆的世界。他會有所改善嗎？或者至少從這份失敗中汲取結論？他沒有帶來什麼新的東西。除了承認自己的無能以外，除了無法推理出什麼令人滿意的原則這一事實之外，他在經驗中什麼也沒有找到。但是，儘管沒有加以論證，他卻說出來了，拋出一句話就肯定了先驗、經驗的存在以及生命超人的意義，他說：「在一切解釋之外，在一切可能的闡釋之外，失敗展現的不是虛無，而是先驗的存在。」這一透過人類自信的盲目行爲突然解釋了一切的存在，他定義爲「普遍和特殊難以想像的統一」。就這樣，荒謬成了神（我們儘量寬泛地來理解這個詞），無法理解也就成了揭示一切的存在。邏輯上沒有什麼東西可以導向這種推論。我可以稱之爲跳躍。但是非常矛盾的地方在於，我們能夠理解雅斯培的堅持和無盡的耐心，他使得一切先驗的經驗都成爲不可實現的東西。因爲這種近似越是不爲我們所掌握，定義就越是顯得無效，先驗因而就越加眞實，因爲他在肯定這一點上所投入的激情，與他的解釋能力和世界及經驗的非理性之間的距離是成正比的。正因爲用一種更加激進的方式來解釋世界，雅斯培便更加執著於摧毀理性的偏見。這位謙恭思想的使徒正是在謙恭的極致處找到了能夠深刻變革存在的東西。

神祕思想使得我們對於這些手段尤爲熟悉。它們和精神的任何一種態度一樣是合法的。但是眼下，我還是裝作是在嚴肅地對待某個問題吧。我不會對這種態度的普遍價值以及在教育方面的權利持有偏見，我只是想要看看它能否回應我所列出的條件，能否和讓我感興趣的衝突等量齊觀。我因此回到舍斯托夫。他的一位評論者轉述了他的一句很值得關注的話，他說：「唯一眞實的出路就在人們判斷沒有出路的地方。要不然，我們還要上帝幹什麼呢？我們之所以轉向上帝，就是爲了得到不可能得到的東西。至於可能得到的，只要有人類便足矣。」如果舍斯托夫哲學眞的存在，我可以說，這句話便概述了其精要。舍斯托夫在充滿激情的分析之後，發現了所有存在本質上的荒謬性，他沒有說「這就是荒謬」，而是說「這就是上帝，我們應該信賴他，儘管他並不屬於我們理性的範疇」。爲了不混淆，這位俄國哲學家甚至暗示說這個上帝也可能是懷恨在心的、可憎的、無法理解的和矛盾的，但正是他極盡面目可憎之時，他展現了最大的權力。上帝的偉大之處正在於他不合邏輯。上帝的證據便是他的非人性。要向他撲過去，正是在這一躍之間，我們釋放了理性的幻想。因此，對於舍斯托夫而言，接受荒謬與荒謬本身是同步的。確認荒謬，就是接受它，而思維邏輯的一切努力就是要突然讓它所包含的巨大希望綻放出來。這一態度也仍然是合法的。但是在這裡，我堅持只看唯一的問題，以及這個問題所帶來的全部結果。我並沒有去審視某種思想或者信仰行爲悲愴的一面。我還有一生的時間。我知道，一個理性主義者覺得舍斯托夫的態度很讓人惱火，但是我也覺得，舍斯托夫反對理性主義者是有道理的。我只是想知道他是否忠於荒謬的指令。

然而，如果我們承認荒謬與希望是截然相反的，我們就會發現，對於舍斯托夫來說，存在的思想以荒謬爲前提，但是論證荒謬恰恰是爲了驅散它。這一微妙的想法只是耍手腕的悲愴的迂迴。當舍斯托夫從另一個角度將他的荒謬與日常道德和理性相對立的時候，他視荒謬爲眞相與救贖。因而，在他對荒謬的定義中，最基本的，是對於荒謬的贊同。如果我們承認這一概念的權利正是寓於它與我們的日常希望牴牾的方式之中，如果我們感覺到荒謬的存在要求我們對其不能苟同，我們就會看到，荒謬爲了成爲難解的同時也是令人滿意的永恆，恰恰失去了它眞實的面貌，失去了它人性的和相對的一面。

如果眞的有荒謬，那便是在人的世界中。從荒謬的概念跳轉爲永恆的那一刻起，它就和人類的明智再無關係，就不再是人確認卻不贊同的顯見之理。我們回避了鬥爭。人容納了荒謬，而在這一連接中，荒謬的本質，亦即對抗、撕裂和分離，便消失殆盡。這一跳躍是回避。舍斯托夫很願意引述哈姆雷特的一句話，*The time is out of joint*，「時代脫節了」，他懷著一種強烈的希望寫下這句話，也特別地賦予這句話以一種強烈的希望。哈姆雷特的嘴中或是莎士比亞的筆下可並沒有這意味。非理性的飄飄然和狂喜的使命將明晰的精神帶離了荒謬。對於舍斯托夫來說，理性是徒勞的，但在理性之外還有點什麼東西。然而，對於荒謬的精神而言，理性也是徒勞的，理性之外則什麼東西也沒有。

這一跳躍能夠有助於我們窺見荒謬的眞實本質。我們知道，只有在平衡之中，荒謬才是有價値的，我們知道，它只存在於比較之中，而不是寓於用來比較的諸項之中。但是舍斯托夫恰恰是將所有的重量都放在了比較項上，就此毀了平衡。只有在我們能夠理解和解釋許多事情的範圍內，我們想要理解的強烈欲望、我們對於絕對的懷念才是可以解釋的。對理性的絕對否定是徒然的，因爲理性有其行之有效的範圍。而這正是人類經驗的範圍。因此我們想要澄清一切。我們之所以做不到，荒謬之所以藉機而生，正是因爲遭逢了這有效卻有限的理性以及不斷重生的非理性。然而，當舍斯托夫對黑格爾諸如「太陽系運動圍繞不變的法則進行，而這些法則自有其道理」這類命題甚感憤怒時，當他滿懷激情地致力於拆解斯賓諾莎的唯理論時，他恰恰趨向於理性中所包含的這份虛榮。由此，他透過自然的、非法的途徑回到了非理性的優越上[iv]。但是這一過渡並不明顯。因爲在這裡，界限和計畫的概念有可能介入。自然法則在某一界限之內是有效的，可一旦過了界，自然法則就會轉向針對自身，此時，荒謬便產生了。再或者，它們可以在描述的層面是合理的，但並不因此在解釋的層面就是眞實的。這裡，所有的一切都爲非理性做出了犧牲，對於明晰的要求隨之掩藏，荒謬也隨著比較當中的一項內容而消失。但是荒謬之人正相反，他不會著手進行平衡。他承認鬥爭，並不決然蔑視理性，也接受非理性。因此，他的目光覆蓋一切經驗的材料，他不會在知曉之前就做跳躍的打算。他只是明白，在這種專注的意識中，再也沒有希望的位置。

在列夫·舍斯托夫那裡能感受到的，在齊克果的筆下就更能感受到了。當然，對於這麼一位不可捉摸的作者，我們很難說清楚明確的命題。不過，儘管齊克果看上去自相矛盾，用了那麼多假名，玩了那麼多遊戲，不乏調笑，但我們總是有一種預感（同時也擔心著），眞相終有一天會在他最後的作品中顯露：齊克果也完成了跳躍。童年時代的齊克果懼怕基督教，而最終他還是回到了基督教最爲嚴苛的面目上。對於他來說，二律背反和悖論成了宗教的標準。就這樣，曾經讓他對意義和生命的縱深感到絕望的東西現在卻給了他眞相和明晰。基督教是一種反證，而齊克果一直以來所求的，是伊納爵·羅耀拉[1]要求的「第三種犧牲」，也是上帝最爲之興奮的「智力的犧牲」[v]。跳躍的這一效果是奇怪的，但是我們不應該爲之震驚。他使得荒謬

1 伊納爵·羅耀拉（Ignace de Loyola, 1491-1556），天主教耶穌會創始人，出生於西班牙。

成爲另一個世界的標準，而另一方面，它也不過是這個世界經驗的殘餘。齊克果說：「在失敗中，信徒贏得了他的勝利。」

我不會去想這一態度和怎樣一種動人的說教聯繫在一起。我只是想，荒謬的場景以及它自身的特點是否能讓這種態度更爲合理。在這一點上，我知道並不如此。在重新對荒謬的內容有所考察之後，我們能夠理解爲齊克果帶來靈感的方法。在世界的非理性與對荒謬的反抗的懷念之間，他沒有保持平衡。他沒有尊重實際上造就了荒謬感的這種關係。他很確定自己不能逃離非理性，於是他至少要從沒有結果、也不會帶來什麼的絕望的懷念中逃離出來。但是如果說在這一點上，他的判斷是有道理的，那麼，他的否定就沒什麼道理了。他用暴烈的贊同替代了反抗的叫喊，這就導致他忽視了一直給他帶來啟發的荒謬，並且神化了今後成爲他唯一確信的東西，即非理性。加利亞尼神父對艾比奈夫人（Madame D’Epinay）說，重要的不是痊癒，而是帶病生存。齊克果想要痊癒。痊癒是他狂熱的願望，是他在日記中一直流淌的字眼。他智力上的所有努力都在力圖避免人類狀況的這種二律背反。正因爲他從中瞥見了虛榮的光芒，這份努力才顯得尤爲絕望，例如，當他談論自己的時候，聽上去對上帝的敬畏、虔誠都不能給他帶來安寧。如此一來，他透過不無痛苦的藉口，賦予非理性以一種面貌，也把荒謬那不公正的、輕率的、難以理解的特性歸咎於上帝。在他身上，只有智識在試圖窒滅人內心深處的要求。正因爲什麼都沒有得到驗證，一切也都得到了驗證。

齊克果本人爲我們揭示了接下來的道路。我在這裡並不想暗示些什麼，但是，在他的作品裡，我們又怎會讀不出靈魂在面對大家幾乎一致贊同的荒謬的殘缺時，幾乎可以說是有意識的殘缺的痕跡呢？這正是《日記》的主旋律。「我缺乏的，正是獸性，但獸性也是人類註定的命運的一部分……但是，給我一具身體吧。」接著他寫道：「哦！尤其是在我很年輕的時候，爲了成爲一個男人，哪怕是六個月，我什麼也沒有做……而我缺的，正是身體，以及存在的身體條件。」在別的地方，同樣的男人發出希望的高聲呼喚，完全把這呼喚當成自己由衷的呼喚，這呼喚穿越了那麼多個世紀，激蕩了那麼多顆心靈，只是不曾激蕩荒謬之人的心靈。「但是對於基督徒來說，死亡遠不是一切的終結，它會喚起無窮的希望，遠比生活給予我們的要多的希望，哪怕是一種非常健康、充滿力量的生活也不曾給予我們那麼多希望。」透過這種不甚光彩的事情做出妥協，究竟也還是妥協。也許，就像我們看到的那樣，妥協可以從它的對立面，亦即死亡中得到希望。但即便同情使得我們趨向於這種態度，我們也必須說，過度並不能爲此做出辯護。我們可以說，這已經超出了人類的尺度，因此這是超人的。但是這個「因此」也是多餘的。在這裡沒有邏輯的確認，同樣也沒有實驗的可能。我所能說的，就是這已經超出了我的尺度。即使不會直接導致我的否定，至少我不想把任何東西建立在不可理解之上。我想知道的是，是否有了我理解的，而且僅僅靠我理解的東西，我就能夠生活下去。人們還說，在這裡，智識必須犧牲自己的驕傲，理性也應該有所屈服。但是如果我承認理性的界限，我卻並不因此而否定它，相反我會承認它相對的權力。我只是想站在這條中間道路，在這條道路上，智識可以依然明晰。如果說這就是智識的驕傲，我不認爲有什麼理由要讓我放棄它。比如說，齊克果認爲，絕望不是一個事實，而是一種狀態，甚至是原罪的狀態，再也沒有比這種看法更爲深刻的了。因爲所謂原罪，就是遠離上帝。荒謬是人有意識的一種形而上的狀態，不會指引人走向上帝。[vi]也許，如果我拿這一駭人聽聞的說法去冒險，即宣稱荒謬是沒有上帝的原罪，這個概念可以變得更加清晰一點。

對於這一荒謬的狀態，關鍵在於活於其間。我知道它建立在什麼之上，精神和世界互相扶持，但無法彼此擁抱。我希望這種狀態下的生活也有它的準則，但是人們給出的建議卻忽視了問題的基礎，對於痛苦抵抗的兩端中的一端進行否定，要求我放棄。我要求我承認的這種狀況應該爲我帶來的結果，我知道這種狀況中包含著黑暗和無知，但人們卻向我保證說，無知可以解釋一切，而黑暗就是我的光明。但是人們沒有回應我的初衷，而令人心情激蕩的抒情也沒能爲我掩蓋住矛盾。因而我必須轉身走開。齊克果可以叫喊，發出警告：「如果人不具有永恆的意識，如果，在所有事物的內部，就只有野蠻的、激奮的力量能夠生出萬物，偉大的或微不足道的，都陷在這晦暗的激情的漩渦中，如果沒有核心，沒有任何東西能夠填滿的空虛暗藏在這些事物底下，並且這就是生活，那麼除了絕望，還有什麼？」但這一叫喊並不能夠阻止荒謬之人。找尋眞實的東西並不意味著找尋希望得到的東西。如果是爲了逃避這一讓人恐慌的問題，「生活將會是什麼」，那還不如像一頭驢子那樣依靠虛幻的玫瑰花而生；荒謬的精神情願採納齊克果的答案，即「絕望」，不會有一絲一毫的顫抖。在仔細斟酌了一切之後，一顆堅定的靈魂總會找到辦法。

＊　＊　＊

在這裡，我給予自己這樣的權利，即把哲學意義的自殺稱爲存在主義的態度。但是這樣做並不包含某種判斷在裡面。指出某種思想如何自我否定，又是如何在否定中自我超越的，這應該是一種恰切的方式。對於存在主義者來說，否定就是他們的上帝。更加確切地說，這個上帝只有透過對人類理性的否定才能撐得下去[vii]。但是就像自殺一樣，神也隨著人的變化而變化。有很多種跳躍的方式，關鍵就只在於跳躍。這些救贖性質的否定，這些用來否定我們尚未跳躍的障礙的最終的自相矛盾，它們既可能（這正是該推理所瞄準的矛盾）來源於宗教的靈感，也可能來源於理性的範疇。它們永遠在追求永恆，也正是基於這一點才完成了跳躍。

還是需要再強調一下這一點。本文的推理完全不顧在我們最光彩的這個世紀傳播得最爲廣泛的精神態度：建立在一切皆理性的原則之上和要給世界萬物一個解釋的態度。我們既然認爲世界是明確的，自然就要給出一個明確的看法。我們甚至可以說這個要求是合理的，只是我們在這裡的推理對此不太感興趣罷了。本文的目的在於，從一種世界的無意義論出發，澄清精神的方法，從而爲世界找尋到一種意義和深度。諸多方法中最爲悲愴的，究其本質來說是宗教性質的，因爲它是在非理性的主題中得到展現的。但是最有悖常理的同時也是最有意思的方法，則是把推理性的理由賦予這個原本想像中沒有主要原則的世界。如果還沒有形成獲取這種懷舊精神的新想法，我們無論如何也不能夠回到我們感興趣的結果上去。

我們只是來考察一下「意向」（intention）這個主題，胡塞爾和現象學家們讓這個主題變得很時髦。其實，前文已經有所暗示。胡塞爾的方法首先否認了傳統的理性過程。我們不妨重複一下。思考不是整合，不是使看上去以大原則面貌出現的表象變得通俗易解。思考是重新學會看，引導意識，將每一幅畫面變成享有優先權的領地。換句話說，現象學拒絕解釋世界，它只想對於經驗進行描述。從其初衷而言，它認爲沒有唯一眞相，只有眾多的眞相，在這點上，它與荒謬思想是一致的。從晚上的風到搭在我肩頭的這隻手，每一事物都自有其眞相。是人的意識凝思聚神，使得眞相變得明晰起來。意識並不鍛造其認識之對象，它只是凝視，是注意力的行爲，如果我們採納柏格森的說法，它就像投影機，突然間專注於一幅畫面。差別只是在於此處沒有腳本，只有連續不斷的、不合邏輯的展現。在這神奇的幻燈下，所有的圖像都具有優先權。意識在經驗中擱置了它關注的對象。透過這一幻境，它將對象單獨分離出去，從此置於判斷之外。正是這一「意向」成了意識的特點。但是，「意向」這個詞並沒有包含任何目的性的想法在裡面，它只是方向性的：只具有地形測量意義的價值。

乍一看，似乎這裡沒有什麼是和荒謬精神對著來的。這一思想表面上似乎非常謙虛，僅限於描述它拒絕解釋的，堅守紀律，卻不無矛盾地使得人類的經驗得到極大豐富，使得世界在煩瑣中得到重生，而這，正是荒謬的手段。至少乍一看如此。因爲思想的方法，在此情境中和在別的情境中一樣，具有兩種面貌，一種是心理的，另一種是形而上的[viii]。透過這兩種面貌，它們便具有兩種眞相。如果說，意向性這一主題只是想說明一種心理的態度，在這種態度中，事實非但沒有得到解釋，反而被耗盡，因而心理的態度根本無法使得事實脫離荒謬的精神。它的目標只在於清點不能夠超越的東西。它只是宣稱，即便缺乏統一的原則，思想還是能夠自得其樂地描述和理解經驗的各種面貌。對於其中的任何一種面貌來說，這裡所關係到的眞相都屬於心理的範疇。這只是證明了現實可能提供的「好處」，是一種喚醒沉睡的世界的方式，使得它在精神中得到啟動。但是，如果我們想要拓展，並且將這一眞相的概念建立在理性的基礎上，如果我們想要因此發現每一認知對象的「本質」，我們就重建了經驗的深刻性。對於荒謬的精神來說，這是難以理解的。然而，正是這種從謙遜到確信之間的平衡對於意向性的態度來說尤其重要，而這一現象學思想卻比其他的一切都更好地解釋了荒謬的推理。

胡塞爾所講的意向之說也會談到「超越時間的本質」，這也是我們認爲柏拉圖所說的東西。我們不可能只透過一件事情來解釋所有的事情，而是有多少事情，就有多少解釋。我不認爲其中存在什麼差別。當然，這些所謂的思想，或者意識在描述之後所「著力實現」的本質，我們也不希望它們成爲典範。但我們可以肯定的是，它們在感覺的所有材料中都出現了。因此沒有什麼唯一的、能夠解釋一切的思想，而是無窮的本質賦予無窮事物以意義。世界停下，但變得清晰起來。柏拉圖式的現實主義變成了直覺性質的，但仍然屬於現實主義的範圍。齊克果沉溺於他的上帝，巴門尼德將其思想凝於「一」，但在現象學這裡，思想進入了抽象的多神論。更好的表述是，虛幻和虛構也是「超越時間的本質」的一部分。在思想的新世界，半人馬與更爲謙遜的大主教攜起了手。

如果說，世界的所有面貌都具有優先權，這一純粹心理的看法對於荒謬之人而言，既是眞理，同時也不乏苦澀。一切都具有優先權就意味著一切都是相同的。但是這一眞相的形而上的一面將荒謬之人帶得如此之遠，以至於幾乎出於本能的反應，他覺得自己也許離柏拉圖更近一些。的確，人們教導他說，所有的想像同樣假設具有優先權。在這沒有等級的理想狀態裡，形式上的軍隊就只由將軍組成。也許先驗被排除了，但是思想的突然轉折重新將碎片化的內在引入了世界，重置了世界的深度。

我應該擔心嗎？因爲我將一個開始時創建者們謹慎對待的主題帶得太遠？我只是在重複胡塞爾的這些表面上自相矛盾、實際上邏輯嚴謹的判斷，並假設你們能夠接受他的前提，亦即「眞的東西都是絕對意義上的眞，是其內在的眞；眞是唯一；與自身相符，無論感受它的存在是誰，是人，是鬼，是天使還是神」。理性取得了勝利，透過這樣的聲音吹響了號角，我無法否認。在荒謬世界，他的判斷意味著什麼呢？究竟是天使還是神的感受，對我來說毫無意義。理性對我的判斷做出了肯定，但我對這幾何之地始終不能理解。就是在這一點上，我又識破了他的跳躍，爲了進入抽象，對於我來說，這還意味著要忘記我不願意忘記的東西。後來胡塞爾叫喊道：「如果所有服從於引力的質量都消失了，那麼這並不意味著破壞了引力規則，只是引力規則沒有了可能的運用而已。」我知道，我面對的是慰藉的形而上。而如果我想要發現究竟是在怎樣的轉折處，大道偏離了原本顯見的方向，我只需要重新讀一下胡塞爾在談到精神的時候進行的推理過程即可：「如果我們能夠清楚地看到心理機制的準則，這些準則會顯示出是永恆不變的，就像自然科學的基礎理論規則一樣。因此，即便沒有任何心理過程的眞正展開，它們也會是有效的。」即便精神是無效的，它的規則也會是有效的！於是我明白了，胡塞爾想要從心理的眞相中發展出理性的規則來：在否定了人類理性整體性的權力之後，他透過這一媒介跳入了永恆**理性**。

對於胡塞爾所謂「具體宇宙」（univers concret）的主題，我絲毫不覺得吃驚。並非所有的本質都是形式的，也有物質的，前者是邏輯的研究對象，後者是科學的研究對象，說這些不過是定義的問題罷了。有人說，抽象只是透過自身來指認具體宇宙不那麼穩定的一部分。但是前面提到的搖擺也讓我意識到這些術語有多麼模糊。因爲這也意味著，我專注的具體事物，例如這天空，例如水在我大衣下擺的反光，只有我意識分離出來的這些東西才能享有眞實的魔力。我當然不會否定這一點。但是承認這一點，也意味著大衣本身就是普遍的，也具有特殊的、足夠的本質，屬於形式的世界。於是我明白，只是事物的順序得到了改變。這個世界不再反射到上一層級的世界，而是形式的天空出現在大地上的眾多形象中。對於我來說，什麼都沒有改變。我在這裡找到的不是對具體的趣味，也不是人類狀況的意義，而是試圖使具體事物得到普遍化的恣意的理性至上。

* * *

我們吃驚地看到——儘管再吃驚也沒用——兩條截然相反的道路，一條是謙卑的理性，一條是揚揚自得的理性，都導向了對於思想自身的否定，這似乎不無矛盾。從胡塞爾抽象的上帝到齊克果筆下閃閃發光的上帝，距離並不那麼遙遠。理性和非理性導向的都是同一類說教。事實上，道路並不重要，有想要抵達的願望足矣。抽象的哲學家和宗教哲學家從同樣的慌亂出發，在同樣的恐懼中得到肯定。但是關鍵是解釋。在這裡，懷念要比科學更重要。有意思的是，時代的思想一方面最是浸淫在無意義的哲學之中，可同時，又是最爲其結論感到痛苦的。一端是現實的極端理性，它將理性分割成不同的理性類型，另一端則是試圖將現實神聖化的非理性，時代思想一直在兩個極端之間搖擺。但是兩端的分裂只是表面的。對於兩端而言，透過跳躍能實現彼此的妥協。我們一直覺得理性概念的意義是唯一的，但是我們錯了。實際上，無論它野心勃勃地想要多麼嚴謹，這一概念的靈活程度並不亞於別的概念。理性有著人類的面孔，但是它也知道如何轉向神聖。普羅提諾[2]是第一個知道如何使得理性與永恆的氛圍和諧一致的人。自此，理性學會了離開它最珍貴的原則，即矛盾的原則，以便讓最爲奇特的、具有魔力的參與原則[ix]容納下它。理性成爲思想的工具，而不再是思想本身。人的思想首先是懷念。

就像理性能夠平息普羅提諾的憂傷一樣，它也爲現代人的恐懼提供了平靜下來的手段，以使我們回到熟悉的永恆氛圍中。荒謬精神則不那麼幸運。因此，世界對於荒謬精神來說，既不是理性的，也不是非理性的。不講理性，唯此而已。胡塞爾的理性最終是沒有邊界的。但是荒謬相反，它有邊界，因爲它無法平息恐懼。齊克果從另一個方面認定，界限一旦出現就足以否定理性。但是荒謬並不會走得那麼遠。對於荒謬而言，界限瞄準的不過是理性的野心。非理性的主題，正如存在主義者所想的那樣，是混亂的理性，是在自我否定中得到釋放。荒謬，是觀察著自身極限的清醒的理性。

---

2 普羅提諾（Plotin, 204-270），古羅馬哲學家、美學家。

荒謬之人正是在這條艱難的道路上走到盡頭，才認出了自己眞正的理性。透過比較內心深處的要求和人們強加於他的要求，他突然感到自己要轉過身去。在胡塞爾的宇宙裡，世界清晰起來，然而內心深處想要回到熟悉的環境其實沒有什麼用了。而在齊克果的世界末日裡，如果想要得到滿足，則不得不放棄對明晰的要求。原罪不在於知曉（從這個意義上來說，所有人都是無辜的），而在於對知曉的欲望。的確，這是荒謬之人能感覺到的唯一原罪，這種原罪既爲他帶來了罪惡感，也讓他明白，自己是無辜的。人們對他說，解決的方式就是告訴自己，過去的矛盾不過是論戰的遊戲。但是荒謬之人感覺到的卻不是這樣。眞相在於這些矛盾根本不可能得到滿意的解決，他必須保有這個眞相。他不願意說教。

我的推理過程正是想要儘量忠實於讓荒謬之人清醒過來的顯見的事實。這一顯見的事實就是荒謬。這是欲望的精神與使之失望的世界之間的分離，是我對統一的懷念，是零落的世界與將之串聯起來的矛盾。齊克果消除了我的懷念，而胡塞爾整合了世界。我期待的卻不是這個。而是和痛苦一起活著，繼續思考，知道自己應該接受什麼，拒絕什麼。不應該將顯見的事實遮蓋起來，透過否定等式當中的一個項來取消荒謬的問題。應該知道我們是否能夠經受得住荒謬，或是邏輯是否要求我們因荒謬而死。我對哲學意義上的自殺並不感興趣，我感興趣的只是自殺本身。我只是想要去除自殺中的情感成分，認識它的邏輯所在和實誠所在。對於荒謬的精神來說，其他的立場都意味著精神在其昭示的事實面前，有可能讓步或是作弊。胡塞爾說要儘量避免「在已經熟悉的、感到舒適的生存條件下生活和思考的痼習」，但是他最後的跳躍又回到了永恆以及舒適中。跳躍並不意味著齊克果嚮往的極端危險。恰恰相反，危險存於跳躍之前的微妙時刻。懂得如何站立在令人眩暈的山脊邊，這才是實誠，其他的一切都是遁詞。我也知道，要不是齊克果，無力永遠不可能引出如此動人的和諧。但是如果說在歷史種種無關緊要的風景中，無力有其一席之地，它卻有可能並不知道如何在推論之中找到歷史，而我們現在已經知道，對於這樣的推論，究竟要求的是什麼。

荒謬並非產生於對事實或是印象的簡單審視，而是產生於對一個事實狀況和另外某個現實的對比，是將行動和超越行動的世界放在一起比較產生的。荒謬本質上是一種分離。

一個人，倘若意識到荒謬的存在，從此後便再也無法擺脫它。

我想知道的是，是否有了我理解的，而且僅僅靠我理解的東西，我就能夠生活下去。

從一種世界的無意義論出發，澄清精神的方法，從而為世界找尋到一種意義和深度。

我們一直覺得理性概念的意義是唯一的，但是我們錯了。實際上，無論它野心勃勃地想要多麼嚴謹，這一概念的靈活程度並不亞於別的概念。理性有著人類的面孔，但是它也知道如何轉向神聖。

荒謬，是觀察著自身極限的清醒的理性。

荒謬的自由

知道我們是否能夠義無反顧地生活，這是我感興趣的全部所在。

現在，主要的問題已經清楚了。我掌握著若干我無法擺脫的顯見事實。我知道些什麼，確定的是什麼，不能否定的是什麼，不能拋棄的是什麼，這些都非常重要。我可以否定掉揣著模糊的懷舊想法的這部分自我，但是我無法否定掉自己對統一的嚮往，不能否定掉自己對於解決問題的欲望、對於明晰與和諧的要求。在這包圍著我、衝撞著我或是讓我激動的世界中，我能夠駁斥一切，可我無法駁斥這混沌，無法駁斥偶然之王以及從無秩序中產生的神聖的等值項。我不知道這個世界是否存在超越其本身的意義。但是我知道，對於這意義，我並不了解，目前也不可能了解。如果這意義在我的生存條件之外，它對我又有什麼意義可言呢？我只能以人的語彙來了解它。我觸摸到的，對我產生抵抗的，這就是我所理解的。而我還知道，我根本不可能調和這兩件事實，一面是我對於絕對和統一的渴望，另一面是世界不可能還原爲可推理的、理性的原則。除此之外，還有什麼是我不需要撒謊、不需要借助並不存在的同時就我的生存條件而言毫無意義的希望就可以承認的眞相呢？

如果我是眾多的樹中的一棵，如果我是眾多動物中的一隻貓，這生命也許就有了意義，或者，這個問題就不復存在，因爲我就是這個世界的一部分。**我可能就是這個世界**，而現在，因爲我的意識，因爲我對熟悉的要求，我與這個世界是對立的。正是這一可笑的理由將我和一切創造活動對立起來。可我又不能一筆抹殺。我認爲眞的東西，我應該把握住。對我而言顯而易見的東西，哪怕和我對著來，我也必須支持。如果不是我的意識，那又究竟是什麼，造成了世界與我的精神之間的這種衝突和分裂呢？而如果要把握住這種衝突和分裂，我就必須透過永恆的、不斷重塑的、總是繃緊了的意識。而眼下，這正是我應該牢記的。眼下，荒謬是如此顯而易見，卻又如此難以征服，它回到了人的生活中，找到了它所寄身的家園。也是在眼下，精神可能會離開試圖知曉這一切的努力，因爲這是一條險峻、枯燥的道路。如今，荒謬匯入了日常生活。它重新尋回了不具名的「我們」的世界，但是從今以後，人帶著反抗、帶著清醒回到了這裡。他沒有學會希望。現時的地獄成了荒謬之人的王國。所有的問題都亮出了刀鋒。抽象的顯而易見在形式與色彩的抒情主義面前望而卻步。精神上的衝突都有了具體的表現，重新回到可悲與美妙的內心世界躲了起來。一切都沒有得到解決，但是都變美了。我們是不是會死，會透過跳躍加以回避，會透過自己的方式建一座思想或形式之屋？抑或反過來，我們會支持痛苦而美妙的荒謬？從這個角度上來說，我們再做最後一次努力，得出我們的結論吧。身體，溫情，創造，行動，人類的高貴，讓我們在這錯亂的世界裡重新找到它們的位置。人類終於在這裡找到了荒謬之酒，冷漠之糧，也從中成就了自己的偉大。

讓我們重申一下方法：就是堅持。在這條道路的某一點上，人受到了撩撥。歷史從來不缺宗教、預言家，即便沒有神也一樣。我們要求荒謬之人跳過去。他能夠回應的，就是他不能很好地理解，這一切並不顯而易見。他只能做他能夠理解的事情。人們肯定地告訴他，這是驕傲的原罪在作祟，但是他不理解原罪的概念；人們還說也許道路盡頭就是地獄，但是他沒有足夠的想像力去呈現這怪異的未來；人們向他保證，他會失去永恆的生命，可他覺得無關緊要。人們想要讓他認罪。他覺得自己是無辜的。事實上，他只能體會到這一點，即他無可挽回的無辜。正是這一點使他無所不能。因此，他對自己的要求，就是只憑自己知道的生活，讓自己適應原本如此的事情，不求助於任何不確定的東西。人們回應他說，沒有任何東西是確定的。但至少，沒有任何東西是確定的這點本身可以確定。他打交道的就是這一點：他想要知道是否不求助，也一樣可以生活。

* * *

現在我能夠談論自殺的概念了。我們已經能夠感覺到，我們能給出什麼樣的答案。在這一點上，問題被倒置了。以前，是要知道生命是否有意義，值得我們活過。而此時，恰恰相反，正是因爲生命很可能沒有意義，它才值得更好地活過。經歷某一種經驗，經歷命運，就是充分地接受它。但是倘若不竭盡全力，充分掌握透過意識顯現出來的這份荒謬，我們就無法經歷這我們已知是荒謬的命運。否定荒謬賴以生存的對立的兩項中的一項，就是逃避它。廢除意識的反抗，也是在回避問題。永恆的反抗這一主題由此也轉變成了個人的經驗。活著，就是經歷荒謬。而經歷荒謬，首先就是直視它。和尤麗狄絲[1]相反，只有在人們背過身去之時，荒謬才會死去。因此，唯一與荒謬和諧的哲學態度是反抗。反抗，是人與其自身的黑暗之間永恆的對峙。它對世界的每分每秒都提出質疑。它是對於不可能達到的明晰的要求。正如危險為人提供了不可替代的反抗的機會一般，形而上的反抗拓展了人對於其正經歷的事情的意識。它是人自身的不變的存在。反抗不是嚮往，不是希望。反抗只是對壓迫我們的命運的確認，而不是陪伴命運的順從。

在這裡，我們可以發現，荒謬的經驗是在何等程度上遠離了自殺。我們可能相信，反抗之後會是自殺。但是我們錯了。因為這裡並沒有邏輯的必然性。從自殺所贊同的東西來說，恰恰相反。自殺仿若跳躍，是對於界限的接受。一切都已耗費殆盡，人回到了他最為本質的歷史裡。他的未來，他唯一而可怕的未來，他已經辨識清楚，迫不及待地衝了過去。自殺以自己的方式解決了荒謬。它將荒謬拖入了同一個死亡。但是我知道，荒謬其實是不能夠得到解決的，它要堅持住。它會逃避自殺，因為它意識到死亡的存在，同時又拒絕死亡。荒謬就是在被判死

1 尤麗狄絲，希臘神話中奧菲斯的妻子。尤麗狄絲被毒蛇奪取了性命，奧菲斯前往冥府去救她。冥王答應讓他帶回妻子，但有個條件，在返回的路上，他不能回頭看尤麗狄絲。結果奧菲斯在回程中忍不住回頭看了一眼，導致妻子再一次死去。

亡的人的最後時刻，他所發現的，位於幾米開外的那根鞋帶，就在那令人眩暈的墜落的邊緣，而除了這根鞋帶，他什麼也看不見。自殺者的反面，確切地說，就是被判死亡的人。

反抗將自身的價值交付給生命。它鋪陳在生存的整個兒長度上，重新樹立了生存的偉大。對於一個眼界寬闊的人來說，最爲美妙的場景莫過於智識與超越它的現實之間的搏鬥。人類驕傲的場景是無與倫比的。一切對於價值的貶低變得毫無意義。精神加諸自身的這份自律，這種純粹虛構的意願，這種面對面裡有著某種強烈而特殊的東西。非人性已經將現實變作人類的偉大，因此，讓現實變得貧瘠，就是讓人變得貧瘠。於是我明白了，爲什麼一切試圖對自我做出解釋的理論都會同時使我變得羸弱。這些理論會卸下我自身生命的重量，我必須獨自承載它。在這樣的轉折點，我只能想像一種懷疑一切的形上學會攀附上放棄的道德。

意識與反抗都是拒絕，它們與放棄是相反的。人的內心中一切無法克服、充滿激情的東西都會在生命的背面點燃它們。因此這更是毫不妥協地去死，而不是心甘情願地去死。自殺是一種無知。荒謬之人只能將一切耗費殆盡，耗盡自我。荒謬是他最爲極端的張力，是他憑一己之力一直握在手中的東西，因爲他知道，正是在這日復一日的意識與反抗中，他證明了唯一的眞實，那就是挑戰。挑戰是一個重要的後果。

＊　＊　＊

如果我一直保持著這種前後一致的態度，即從一個明顯的概念中得出一切可能的結果，我又會面臨第二個悖論。為了忠於這種方法，我就得拋開形而上的自由這一問題。我對人是否自由不感興趣。我只能體驗到自己的自由。就這一點而言，我無法擁有普適的概念，但是我有些清晰的看法。所謂「自由本身」（la liberté en soi），這一問題並無意義。因為自由的問題與上帝的問題是以完全不同的方式聯繫在一起的。要知道人是否自由，我們就得知道人是否有個主人。這一問題的特別荒謬之處在於，使得自由問題成立的概念恰恰也剝奪了該問題的所有價值。因為在上帝面前，與其探討自由的問題，毋寧探討惡的問題。我們都知道，這是二選一的事情：要麼我們不是自由的，那麼無所不能的上帝對惡負責；要麼我們是自由的，我們對自己負責，那上帝就不是無所不能的。對這尖銳的矛盾，無論多麼精妙的學派，都既不能對其增添一分，亦不能對其減去一分。

這就是為什麼，我不能迷失在對一個概念的興奮或者簡單定義中，這樣的概念一旦超出了我個人經驗的範疇，便失去了它的意義。我不能理解或許高於我的存在所給我的自由意味著什麼。我失去了層級的意識。我所謂的自由，只能是在想像囚犯，或是位於國家之中的現代個體時才成立。我所知道的唯一的自由，就是精神與行動的自由。然而，如果說荒謬廢除了我擁有永恆自由的機會，它卻反過來激發了我行動的自由。它對希望和未來的剝奪反而增加了人的自主性。

在遭遇荒謬之前，日常生活中的人抱著某些目的在生活，擔憂未來，或者想著要證明自身（究竟是向別人或是別的什麼事物來證明，這無關緊要）。他評估自己的機會，把賭注押在以後，押在退休或是兒子的工作上。他相信生活中的某些東西是會朝著某個方向去的。確實，他行動起來權當自己是自由的，儘管所有的事實都表明這份自由並不存在。在荒謬之後，一切都被動搖了。這種「我是」的想法，彷彿一切皆有意義的行動方式（儘管我有時會說什麼都沒有意義），這一切都遭到揭示了死亡可能的荒謬的否定，以一種令人頭暈目眩的方式。預想明天，爲自我確立目標，具有某些傾向性，這一切是以我們相信自由爲前提的，儘管我們確信有時的確感受不到自由的存在。但是在這一刻，我很清楚，這一超乎其上的自由，這一僅憑自身便能構建眞理的存在的自由並不眞實。死亡就在那裡，這才是唯一的現實。死亡之後，一切都已經註定。我不再能夠自由地永續，我是奴隸，更是一個沒有永恆抗爭的希望的奴隸，也無法求助於蔑視一切的態度。沒有抗爭，沒有蔑視，又怎麼可能繼續做一個奴隸呢？失去了永恆的保證，什麼樣的自由能夠在眞正意義上存在呢？

但是同時，荒謬之人也明白，直到此時，他都與建立在他賴以生存的幻想之上的自由公設聯繫在一起。在某種意義上，這會束縛他。如果爲生活設想一個目標，他就會尊崇達到目標的要求，成爲自由的奴隸。因此，除了按照我準備成爲的一個家庭之父（或是工程師，或是人民領袖，或是郵電局的編外雇員）的要求去行動之外，我就不知道該如何是好了。我相信我更應該選擇成爲這個而不是另外的什麼。我相信，但這個相信是無意識的。可同時，面對我周圍人的信仰，或是我所處的環境大家都持有的偏見（其他人如此相信他們是自由的，而且這份好心情很容易傳染！），我也堅持我的假設。即便我們能夠遠遠避開所有偏見，道德的，社會的，我們總會承受一部分，甚至，爲了其中最好的那部分偏見（偏見有好有壞），我們會努力讓自己的生活對此有所適應。因此，荒謬之人明白，他從來都不是眞正自由的。說得再明確一些，只要我還有所希望，只要我還在爲只屬於我自己的眞理——以存在或者創造的方式——感到不安，只要我還在安排自己的生活，並且透過這個來證明我已經接受的生活是有意義的，我就爲自己建造了收緊生活的藩籬。我就像那麼多精神和心靈的公務員一樣行事，他們只能讓我感到厭惡，除了認眞對待人的自由的問題以外——現在我瞧得很清楚了——他們什麼也沒做。

荒謬在這一點上啟發了我：明天是沒有的。從今往後，這將是我最爲深層的自由的理由。在這裡我會做兩個比較。神祕主義者發現了可以賦予自己的一種自由，即沉浸在他們的神中，默許神的規則，這樣他們也就祕密地成爲同樣的自由之人。正是在默許的、發自內心的奴役中，他們找到了深層的獨立。但這自由又究竟意味著什麼？我們尤其可以說，他們面對自身，**感到**自己是自由的，但是又不像被解放時那樣自由。同樣，荒謬之人完全轉向死亡時（死亡在這裡被看作是最爲明顯的荒謬），他會覺得自己掙脫了一切，就只有完全的、在他身上沉澱下來的、滿懷激情的專注。面對公共規則，他體味到一種自由。我們可以發現，存在主義的出發命題還是有價值的。回到意識，逃離日常的昏昏欲睡，這是荒謬的自由的第一步。但是存在主義的**說教**是我們瞄準的對象，這種精神的跳躍說到底是在逃避意識。同樣（這也是我的第二個比較），古代的奴隸並不屬於自己，但他們能夠體會到不需要對自己負責任的自由[x]。死亡有一雙高貴的、鎮壓的手，但它也讓人得到了釋放。

沉陷在無比的確認中，從今往後，成爲自己生活的陌生人，從而增加它的厚度，不再用情人盲目的眼光去看待它，這才是解放的根本原則。這一新的獨立是有期限的，和所有行動的**自由**一樣。它不能支取永恆的支票。但是它替代了對自由的幻想，這些幻想統統止步於死亡。只有眞正被判處死刑的人才具有神聖的不可約束性，一縷微不足道的曙光打開了牢房的大門，除了生命、死亡和荒謬的純淨火花，他對一切都無所謂，這簡直讓人難以置信。在此刻，我們能夠感覺到，這是唯一理性的自由的原則：一顆人類的心能夠感受到的、能夠經歷的自由。這是第二個後果。荒謬之人因而瞥見了一個灼熱卻又冰冷的世界，透明，有限，沒有任何可能性，但是一切都呈現在眼前，穿過界限，就是坍塌與虛無。於是他可以決定，接受在這樣一個世界裡繼續活下去，從中汲取力量，拒絕希望，從中得到無所慰藉的生活的有力證明。

* * *

但是在這樣的世界裡生活又意味著什麼呢？在此刻，只能是漠視未來以及燃盡眼下一切的激情。相信生命的意義意味著價值是有層級的，意味著我們需要選擇，需要有傾向性。而相信荒謬，根據我們的定義，則正相反。但我們應該就此打住。

知道我們是否能夠義無反顧地生活，這是我感興趣的全部所在。我並不想跳出這一領地。生活的這張面孔既然給了我，我是否就要將就？然而，面對這一特別的擔憂，相信荒謬意味著重新回到用經驗的量代替經驗的質上。如果我說服自己，生活除了它荒謬的一面再無其他，如果我能夠在有意識的反抗與意識試圖掙脫的黑暗之間永恆的對立中取得平衡，如果我接受，我的自由只有相對於它受限的命運而言才是有意義的，那麼我應該說，眞正重要的並不在於如何活得更好，而是在於盡可能地去經歷。我不需要問自己，我經歷的這些是不是粗俗的，或是讓我噁心的，是否優雅，是否令人惋惜。於是所有的價值評判在此刻都被排除了，取而代之的是事實判斷。我只需要從我可見的事物中提取結論，不需要在假設上碰運氣。假設這樣生活不夠眞誠，那麼，眞正的眞誠卻要求我不那麼眞誠。

盡可能地去經歷，從廣義而言，這條生活準則還說明不了什麼。必須更加確切一點。首先，我們似乎還沒有很好地挖掘量這個概念。因爲這一概念覆蓋了大部分人類經驗。一個人的道德，其價值層級只有從他所累積的經驗的量和種類來看是有意義的。然而，現代生活強加給大多數人的是同樣多的經驗，從而也是同樣深刻的經驗。當然，我們也必須將個體與生俱來的東西考慮進去，即他所被「賦予」的。但是我無法對此做出判斷，我的原則在這裡同樣是只解決眼下顯而易見的。於是我發現，公共道德的根本特性與其說在於我們所想像的、啟動它的原則的重要性，毋寧說在我們可以按大小分類的經驗的準則中。稍微勉強一點說，希臘人有他們的娛樂規則，就像我們的八小時工作制一樣。但是有很多人，而且是最爲悲慘的人，讓我們預感到，更爲長久的經驗正在使得這張價值表發生變化。他們讓我們能夠想像到，原本日常的偶然，透過經驗的量或許就能夠打破所有的紀錄（我故意用這個體育術語），並由此確立自己的道德[xi]。不過我們還是不要那麼浪漫主義，僅僅是思考一下，如果一個人決定參與，並且嚴格觀察他所認爲的遊戲規則又意味著什麼。

打破所有的紀錄，這首先並且唯獨意味著要盡可能多地面對這個世界。如此一來，又怎麼可能不矛盾重重，不經歷文字遊戲呢？因爲荒謬一方面告訴我們，所有的經驗都是無關緊要的，而另一方面，它又邁向盡可能多的經驗。如何才能不像我上文中提到的那些人一般，選擇能夠盡可能爲我們帶來這種人的材料的生活形式，並由此引入我們在另一方面本打算拋棄的價值層級呢？

但又是荒謬和它矛盾的生活教會了我們。因爲倘若我們以爲，經驗的量取決於我們生活的環境，那就錯了，經驗的量只取決於我們自身。在這點上我們必須簡單一些。兩個活了同樣年歲的人，世界所給出的經驗的量是一樣的。關鍵是我們意識到這些經驗。感受生活，反抗，自由，盡可能地感受，這就是生活，盡可能地生活。只要我們夠清醒，價值層級就變得無效。我們還可以再簡單一點。我們可以說，唯一的障礙、唯一「無法贏取」的東西就是過早來臨的死亡。我們這裡所提到的世界的對立面、生活永遠的特例就是死亡。因此，在荒謬之人（即便他希望如此）看來，任何深刻的東西，任何情感、激情、犧牲，都不能將四十年有意識的生命與六十年的清醒放在同一個平面上等量齊觀[xii]。瘋狂和死亡都是無法補救的。人沒有選擇。荒謬與它所包含的生命的增益**並不取決於人的意願**，而是取決於它的對立面，即死亡[xiii]。仔細斟酌，可以說，這只是運氣的問題。必須學會贊同這一點。二十年的生命和二十年的經驗從此後再也無法互相取代。

非常奇怪，對於一個經驗老到的民族來說，不合邏輯的是，希臘人希望年紀輕輕就已逝去的人也能夠得到神的眷顧。如果我們願意承認，進入諸神的荒唐世界，等於永遠失去最爲純粹的快樂，即再也無法感受，無法在這大地之上有所感受，那希臘人的這一說法才得以成立。在一顆不斷有所意識的靈魂面前，現時，以及對於現時的繼續就是荒謬之人的理想。不過所謂的理想，在這裡可能保留了它不太合適的詞語色彩。這甚至不是荒謬之人的使命，而是其推理的第三個結果。從非人的、帶有恐懼的意識出發，對於荒謬的思考在繞過一圈之後，回到了人類熱烈的反抗之火上[xiv]。

＊　＊　＊

於是，我從荒謬之中得到了三個結果：我的反抗、我的自由和我的激情。我就只是透過意識的遊戲，將死亡的邀約轉化爲了生命的準則——並且我拒絕自殺。我也許知道這些日子以來，仍然迴響著的沉悶的聲音。但是對此我只有一句話好說：這聲音是必要的。當尼采寫下「顯然，天上和地下最重要的事情就是長時間的**服從**，並且是在同樣的方向上：久而久之，就會產生出對我而言值得在這世上生活的東西，哪怕不無痛苦，例如美德、藝術、音樂、舞蹈、理性、精神，某種可以改變事物面貌的東西，某種精緻的、瘋狂的或是神聖的東西」，他是在展示一種極具氣度的道德準則。但是他也指出了荒謬之人的道路。服從火焰，這既是極爲簡單的事情，又是極爲困難的事情。然而，對於人來說，只有和困難較勁，他才能知道自己是什麼樣的，這倒也不壞。這一點只有荒謬之人可以做到。

「祈禱，」阿蘭[2]說，「就是黑夜降臨在思想上。」「但前提是思想必須迎著黑夜而

---

2 阿蘭（Alain, 1868-1951），法國哲學家、散文家。著有《幸福散論》。

上」——神祕主義者和存在主義者如此回應。當然，這個黑夜，並不是僅僅依據人的意願而產生的黑夜，不是我們閉起雙眼、爲了讓自身迷失其中的陰沉而逼近的夜。如果說，思想必須要迎著黑夜而上，這個黑夜更應該是絕望的夜，但清醒仍在；那應該是極地的夜，精神的不眠之夜，從中也許會升起雪白的燦爛光芒，在智慧的光芒下勾勒出所有事物的形狀。在這個層面上，等值便遇到了充滿激情的理解。甚至不需要判斷存在的跳躍。精神在人類態度的數千年的壁畫中找到了自己的位列。而對於觀者來說，如果他能夠意識到，那麼這一跳躍依然是荒謬的。就在他認爲已經解決了矛盾的時候，他實際上是完全地將之恢復了。在這個意義上，他是令人感動的。在這個意義上，一切都重新找回了應有的位置，荒謬的世界又重新迎回它的燦爛與多彩。

但是停下是有害的，也很難滿足於唯一的觀察方式，很難擺脫矛盾，這也許是所有精神力量中最爲微妙的。以上種種僅僅是定義了一種思考的方式而已。現在，就是生活了。

以前，是要知道生命是否有意義，值得我們活過。而此時，恰恰相反，正是因為生命很可能沒有意義，它才值得更好地活過。經歷某一種經驗，經歷命運，就是充分地接受它。

如今，荒謬匯入了日常生活。它重新尋回了不具名的「我們」的世界，但是從今以後，人帶著反抗、帶著清醒回到了這裡。

身體，溫情，創造，行動，人類的高貴，讓我們在這錯亂的世界裡重新找到它們的位置。人類終於在這裡找到了荒謬之酒，冷漠之糧，也從中成就了自己的偉大。

活著，就是經歷荒謬。而經歷荒謬，首先就是直視它。

我所知道的唯一的自由，就是精神與行動的自由。

真正重要的並不在於如何活得更好，而是在於盡可能地去經歷。

感受生活，反抗，自由，盡可能地感受，這就是生活，盡可能地生活。

作者注

i 我們必須利用這個機會對本文的相對性做出說明。自殺的確可能會出於更加令人尊重的原因。比如說：革命中因為反抗而自殺。

ii 我聽人說起有一個貝勒格里諾的追隨者，他是戰後的一位作家，他寫完了他的處女作之後，用自殺來引起別人對其作品的關注。大家的確關注到了他的作品，但是覺得他寫得很糟糕。

iii 這裡不是真正意義上的荒謬。這裡並非對荒謬的定義，而是將表現荒謬的情感一一列舉出來。列舉完了，我們卻並不能窮盡荒謬之本質。

iv 這裡涉及例外的概念，自然是反亞里斯多德的。

v 大家也許會想到，我這裡遺漏了本質問題，即信仰問題。但是我並沒有對齊克果或是舍斯托夫，以及下文將要談到的胡塞爾的哲學進行審視，我只是向他們借用了一個主題，我想要審視的是，這個主題的結果與現存的規則是否一致。也許只是出於固執吧。

vi 我沒有說「驅逐上帝」，因為這樣說更加肯定。

vii 我們在這裡需要重申：我們質疑的不是上帝是否存在，我們針對的是這一邏輯。

viii 即便是最為嚴謹的認識論也有形而上的意味。正因為如此，這個時代大多數的思想家在形上學的層面只堅持一種認識論。

ix 在這個時代，理性不是適應環境，就是死亡。理性是可以自我適應的。普羅提諾將理性從邏輯的變成了審美意義的。比喻代替了三段論。

——另外，這不是普羅提諾對於現象學的唯一貢獻。這位亞歷山大學派的思想者很推崇的想法是，說到思想，不僅僅是人的思想，而更是蘇格拉底的思想，現象學的態度已經被包含在這一想法之中了。

x 這裡涉及的是一種事實的比較，而不是對謙卑的辯解。荒謬之人是妥協之人的反面。

xi 有時量也意味著質。如果我採信科學理論最近的觀點，即所有的物質都由能量核心構成，那麼物質在量上的多少，也決定了它的特性。一百萬個離子和一個離子不僅僅是量上的區別，同時在質上也有所區別。我們很容易在人類經驗中找到其他類似的例子。

xii 對於另一個完全不同的概念，虛無，也應有同樣的思考。虛無既不會為現實增添一點什麼，也不會去掉一點什麼。在虛無的心理經驗中，只有考慮到兩千年之後發生的事情，虛無才是有意義的。因此虛無完全是未來生活的總和，而不是屬於我們自身的生活。

xiii 意願在這裡只是原動力：它試圖保持意識。它會提供生活的紀律，這一點是值得讚賞的。

xiv 關鍵是前後一致。我們在這裡的出發點是對世界的默許。但是東方思想教會我們，我們也可以投入同樣的邏輯努力來**反對**這個世界。這也是合理的，這就確立了這篇文章的視野和侷限。但是，對於世界的否定如果同樣嚴苛（例如在某些吠檀多學派），往往會得到類似的結果，即無所謂什麼事業。尚．格勒尼耶（Jean Grenier）在一部非常重要的作品《選擇》中，就以這樣的方式建立了一種真正意義的「無所謂的哲學」。

荒謬之人

如果斯塔羅夫金有信仰，他並不相信他的信仰。如果他沒有，他也不相信他不信的信仰。

——杜斯妥也夫斯基《群魔》

「我的領域，」歌德說，「就是時間。」這就是荒謬之人的話語。荒謬之人究竟是什麼？就是在不否定永恆的前提下，從來不圖謀永恆的人。並非說他不理解懷舊之情。但是相較於此，他更傾向於勇氣和理性。前者教會他義無反顧地活著，滿足於已有的東西，後者教會他自身的界限。正因爲知道自己的自由是有限的，反抗是沒有未來的，意識終有一天會枯竭，他才會繼續他生命長河之中的冒險。這就是他的領地，在此，除了他自己的評判，他不會將自己的行動置於任何其他的評判之下。對於他來說，一種更加偉大的生活並不意味著另一種生活，否則將是不誠實的。我這裡所說的甚至不是被稱爲後世的可笑的永恆。羅蘭夫人[1]相信後世。然而，這一不謹愼的行爲讓她得到了教訓。後世很喜歡提這個詞，但是並沒有對此加以評判。對於後世來說，羅蘭夫人恰是無足輕重的。

這也不是道德的問題。我看到過很多人，有很多道德觀念，但是行爲很糟糕，而我每天都能夠觀察到，誠實根本不需要規則。荒謬之人只接受一種道德，不脫離上帝的道德：一種自律的道德。但是荒謬之人恰恰是在這個上帝之外去看的。至於其他的道德（也包括非道德主義），荒謬之人從中看到的就只是辯解，可他沒什麼好辯解的。我在這裡的出發點是荒謬之人的無辜。

1 羅蘭夫人（Manon Jeanne Phlipon, 1754-1793），法國大革命時期的政治家，吉倫特黨領導人之一。

這種無辜是可怕的。「一切皆得到准許。」伊凡・卡拉馬助夫[2]叫道。這句話也散發出它的荒謬氣味，但前提是我們不從粗俗的角度來理解它。我不知道大家是否注意到，這並不是得到解放的、快樂的叫喊，而是因為知曉了苦澀的眞相而發出的叫喊。相信一個可以賦予生活以某種意義的上帝，其誘惑力遠勝過作惡而不受懲罰的權力。選擇其實並不難。但是沒得選擇，於是苦澀便開始了。荒謬並不能夠讓人得到解脫，它是連接。它不能使得所有行為都得到准許。一切都得到准許並不意味著沒有東西得到捍衛。荒謬只是把行動的等價物還給結果。它並不必然招致罪惡，要不然也太孩子氣了，但是它再次重申，悔恨徒勞無益。同樣，如果所有的經驗都無關緊要，那麼，關於責任的經驗也就與另外的經驗一樣是合理的。我們有可能出於隨心所欲而身從良善。

所有的道德都建立在同樣的觀念上，即認為行動都有其結果，而結果可以使得行動趨於合理或證明行動的無效性。沉浸在荒謬思想中的人認為，這些後續都應該得到客觀公正的對待。他做好付出代價的準備。換句話說，於他而言，即便有人該為此負責，也沒有人是有罪的。他最多會同意用過去的經驗來建立未來的行動。時間會活絡時間，而生活會服務於生活。在這一有限而又充滿可能性的領地上，除了清醒，一切就其自身而言都是不可預見的。而從這非理性的秩序中，我們又能得出什麼樣的規則呢？在他看來，唯一有教益的眞相完全是非形式的：這

---

2 伊凡・卡拉馬助夫，杜斯妥也夫斯基《卡拉馬助夫兄弟們》裡的主人公。

眞相生機勃勃，在人世間傳播。因此，荒謬的精神在其理性的盡頭能夠找尋到的不是倫理規則，而是人類生活的展示與氣息。接下去出現的一些形象就屬於這一類。它們是荒謬推理的繼續，把自己的熱情給了荒謬推理，並讓荒謬推理有了自己的態度。

我是否需要再多說幾句，說給出的例子並不必然是需要遵循的範例（在荒謬世界中尤其如此），因而這些展示也遠非典範？拋開使命不談，相對而言，如果我們從盧梭那裡得出需要爬行的結論或是從尼采那裡得出他虐待母親是合適的結論，我們會覺得很可笑的。「應該荒謬，」一位現代作者寫道，「但不應該被騙。」只有考慮到反面，這裡所涉及的態度才具有意義。如果有相同的意識，那麼，一個郵局的編外人員和一個征服者並沒有差別。因此所有的經驗都是無關緊要的。有能夠幫助到人的，也有會損害到人的。如果人能夠意識到，那就是能夠幫助到人的經驗。不然，也沒什麼關係：一個人的失敗不能歸之於環境，而是要歸之於自己。

我只選擇那些願意燃盡自己的，或者說我認爲他們是在燃盡自己的人。到此爲止。目前，我只想談論這樣一個世界：思想和生活一樣都沒有未來的世界。一切驅使人工作、讓人焦躁不安的東西都會利用希望。因此，唯一不撒謊的思想就是不結果實的思想。在荒謬的世界，某一種觀念或者某一種生活的價值是依據它不結果實的程度來衡量的。

唐璜風格

——只有知曉愛是短暫的、獨特的，才能夠成就慷慨之愛。

如果有愛足矣，事情便簡單了。越是愛，則荒謬越是得到鞏固。唐璜並不是因爲缺乏愛，才從一個女人的懷抱投向另一個女人的懷抱。把他當作一個尋找幻想中的眞愛的人，實在可笑得很。然而，正是因爲他帶著同樣的激情愛這些女人，而且每次都是完全投入，他才要不斷地重複這種天分，不斷深化這份愛。由此，每個女人都希望能夠給予他別的女人所未曾給予的愛。但每一次，這些女人都錯了，她們所能做到的，不過是成功地讓他感受到重複的需要。「終於，」她們當中的一個說，「終於我把愛給了你。」我們難道還會驚訝於唐璜的回答嗎？「終於？不，」他說，「只是又一次而已。」爲什麼一定要愛得少才能夠愛得深沉呢？

* * *

唐璜悲傷嗎？不見得。我都不需要借助於傳聞。他的笑聲，勝利的傲慢，歡悅，對戲劇性的愛好，這一切都是明明白白、快快樂樂的。所有身心健康的人都希望盡可能多地得到。唐璜也是如此。再說，悲傷之人的存在有兩個必要條件：一是無知，一是充滿希望。唐璜知道得很清楚，而且他並不抱有希望。他讓我們想到那些藝術家，他們了解自己的侷限，並且從不超越，而在精神暫居的不穩定的空隙中，又有著大師所能有的美妙的自在。這才是天才：了解邊界所在的智慧。唐璜直至肉體死亡的邊界，仍不知悲傷爲何物。自從他明白過來的那一刻起，他便笑得爽朗，原諒一切。在他曾懷有希望的時候，他悲傷過。如今，在這女人的唇間，他又品嘗到這一學問的苦澀味道。苦澀？勉強算是吧：對於感受幸福而言，這種不完美也是必須的！

說在唐璜身上看到了受《傳道書》滋養的人，這是個大騙局。因爲對於他來說，對於另一種生活的嚮往就是最大的虛榮。他證明了這一點，因爲他和上天玩起了虛榮的遊戲。在玩樂中喪失慾望的遺憾，這一眾所周知的無力感不屬於他。這種事情適用於浮士德，他如此相信上帝，以至於爲了上帝將自己出賣給魔鬼。對於唐璜來說，事情是很簡單的。莫利納[1]筆下的

1 莫利納（Triso de Molina, 1583-1648），西班牙劇作家，在莫里哀之前，他第一個塑造了唐璜的形象。

「花心郎」在受到地獄威脅的時候，總是這樣回答：「再給我更長一點的期限吧！」死後的東西是抓不住的，而懂得活著的人擁有多麼漫長的歲月啊！浮士德要求的是這個世界的財富：不幸的人只需要伸出手來。不懂得享受靈魂的快樂就已經是在出賣靈魂。相反，滿足，這才是唐璜要求的。如果說他離開一個女人，這絕不是因爲他對這女人再也產生不了慾望。一個美麗的女人總是讓人產生慾望的。但是，這和他是否想要另一個女人不是一回事。

這樣的生活讓他感到很滿足，再也沒有比失去它更糟糕的了。這個瘋子是個有大智慧的人。那種靠希望活著的人很難適應這個世界，因爲在這個世界，善良需要讓位於慷慨，溫柔需要讓位於男子氣概的沉默，團結需要讓位於孤獨的勇氣。而所有人都在說他：「這是個弱者，一個理想主義者或是一個聖人。」必須要吞下這份侮辱人的偉大。

* * *

對於唐璜的這些言論，對於他用來和所有女人說的同樣的話（或是對於他欣賞的東西所表露出的同謀的笑容），我們已經表達了充分的憤怒。但是對於只是尋求快樂之量的人來說，有效性即是一切。口令已經產生了價值，再讓口令變得複雜又有什麼意義呢？任何人，女人，男人，都不會在意口令的內容，他們聽的就只是發出口令的聲音。口令就是規則、約定和禮儀。我們已經說了，剩下最重要的事情就是如何去做。唐璜做好了投入的準備，那又爲什麼還要向自己提出道德的問題呢？他可不像米洛茲[2]筆下的瑪納拉那樣，因爲想要做一個聖人才入了地獄。對於他來說，地獄是人們用來挑釁的東西。對於神的憤怒，他只有一個回答，這是人類的榮譽：「我有名譽。」他對上級騎士說：「我會履行我的諾言，因爲我是騎士。」但是如果就此認爲他是一個不道德的人，那也是錯誤的。從這個角度來說，他不過「和所有人一樣」：他有同情的道德，或是反感的道德。只有參照其俗世的象徵，亦即普通的引誘者，一個引誘女人的男人，我們才能夠很好地理解唐璜。他是一個普通的引誘者[i]。區別只在於他是有意識的，正是因爲這一點，他是荒謬的。一個變得清醒的引誘者並沒有因此而產生變化。引誘是他的常態。只有在小說中，人會變換常態或者變得更好。但是我們可以說，什麼都沒有改變，但同時一切也都發生了變化。因爲唐璜付諸了行動，這是關乎量的倫理，和聖人趨向於質正相反。不相信事物的深層意義，這是荒謬之人的特有屬性。這些個熱情的、心醉神迷的臉，他一一經歷，保存，付之一炬。時間與他一起前行。荒謬之人是與時間不分離的人。唐璜並非在「收集」女人。他只是在窮盡數量，透過女人窮盡生活的機會。收集是活在過去的一種能力。但是他拒絕遺憾，遺憾只是另一種形式的希望。他是不會去看什麼肖像畫的。

---

2 米洛茲（O. V. de Milosz, 1877-1939），法國劇作家、詩人，原籍立陶宛。

＊＊＊

因而他是自私的嗎？也許，以他獨有的自私方式吧。但在這一點上，也是怎麼去理解的問題。有些人是爲活著而生，也有些人是爲了愛而生。至少唐璜會很樂意說出來。但只有透過簡略的表達，他才能有所選擇。因爲我們這裡所說的愛爲永恆的幻想所裝飾。所有愛的專家都會告訴我們這一點，永恆的愛情都伴有阻礙。沒有鬥爭的愛情幾乎不存在。這樣的愛情只有在死亡的終極矛盾中走向結束。要麼成爲維特[3]，要麼就什麼都不是。同樣，自殺也有若干種方式，其中一種就是將自己完全奉獻出去，忘記自身的存在。唐璜和其他任何人一樣，知道這樣會很感人。但他是少數知道重點不在這兒的人之一。他還很清楚：被愛情帶離個人生活軌道的人也許會變得豐富起來，然而他們所選擇愛的那些人一定會日漸貧瘠。一位母親，一個充滿激情的女人，必然有一顆冷硬的心，因爲這顆心脫離了世界。它只有唯一的感情，唯一的存在，唯一的面龐，但是，一切都被吞噬了。震驚唐璜的是另一種愛，這種愛是解放者。它帶來了全世界的所有面貌，它顫抖，正因爲它知道，這愛有一天終會消亡。唐璜選擇了什麼也不是。

對於他來說，是要看得更加清楚。我們之所以將那種使得我們和其他人聯繫在一起的東西稱爲愛情，那只是因爲參照了一種集體的看待方式，書籍和傳說都應該對此負有責任。但是

---

3 維特，歌德《少年維特之煩惱》中的主人公。

對於愛情，我所認識到的，就只是將我和某一個人聯繫在一起的，混雜了慾望、溫情和智慧的東西。愛情並非對任何人而言都由同樣的成分組成。我所謂的愛並不能覆蓋所有愛的經驗，因而也大可不必導向相同的行爲。荒謬之人會將他不能同一化的東西儘量多樣化。因此，他發現了一種將他解放出來的新的方式，至少這種新方式能夠解放那些接近它的人。只有知曉愛是短暫的、獨特的，才能夠成就慷慨之愛。正是所有逝去的愛，以及愛的再生，才造就了唐璜的生命。這就是他獻出的、賴以生存的方式。至於是否能夠稱之爲自私，就留待他人判斷吧。

* * *

我想到那些絕對希望唐璜受到懲罰的人。不僅是在來生，而且還在今世。我想到了所有這些關於老去的唐璜的故事、傳說以及嘲笑。但是唐璜對此已有所準備。對於一個意識清醒的人來說，衰老以及衰老所預示的東西並非意料之外。之所以他能有所意識，就是因爲他並不對自己隱瞞其中的可怖之處。雅典有一個專司衰老的神廟。人們把孩子帶去那裡。對於唐璜來說，人們越是嘲笑他，他的形象就越是分明。他因此拒絕了浪漫主義者加在他身上的某種形象。飽受折磨的唐璜，可憐的唐璜，沒有人再想笑他。人們同情他，上天會拯救他嗎？但不是這麼回事。在唐璜隱約瞥見的世界裡，可笑之處同樣可以理解。他或許覺得，受到懲罰是正常的。這就是遊戲規則。而他的慷慨就在於他接受一切遊戲規則。但是他知道自己是對的，談不上什麼懲罰。一種命運算不上是懲罰。

這正是他的罪過，我們很明白，主張永恆的人都主張他遭受懲罰。他掌握了一種不帶幻想的科學，否認了主張永恆的人所宣稱的一切東西。愛與占有，征服與窮盡，這就是他認識的方式。（《聖經》將愛的行爲稱爲「認識」，這種說法是有意義的。）正是因爲他無視這些主張永恆的人，他才是他們最大的敵人。有個專欄作者轉述說，眞正的「騙子」是被方濟各會士殺死的，因爲他們想要「終結唐璜的放縱與瀆神行爲，而他的出生就是對他不受懲罰的保證」。他們接著宣稱，老天用閃電劈了他。但是沒有人能夠證明這奇怪的結尾的眞實性。當然也沒有人能夠證明事實正好是反過來的。我倒不需要去想是否眞實的問題，我能夠說的是，這是符合邏輯的。我僅僅想強調「出生」一詞，就此多說幾句：活著本身就保證了他的無辜。因此他只有在死後才背負罪名，而現在，他的罪惡成了傳奇。

這位石頭騎士，這一震動起來以懲戒膽敢思想的血氣與勇氣的冷冰冰的雕像還意味著什麼呢？永恆理性、秩序、普遍道德的全部力量，以及一個易怒的神的奇怪的偉大，都在他身上得到了體現。這一沒有靈魂的巨石象徵著唐璜否定掉的一切權力。但是騎士的使命到此爲止。電閃雷鳴可以重新回歸天庭，因爲它們統統來自天庭。眞正的悲劇在它們之外。不，唐璜並非死於石掌之下。我情願相信傳說中的抵抗，相信健全的人發出的狂妄的笑聲是在向一位並不存在的神發起挑戰。我尤其相信那天晚上，唐璜在安娜家等待，騎士並沒有去，而瀆神的唐璜應該是在午夜過後感覺到那些振振有詞的人的可怕的苦楚。我更相信一種敘述，即他最後進了一座修道院。故事並非有教育意義才顯得更加眞實。應該向上帝請求什麼樣的庇護呢？這或許說明，浸滿了荒謬的生命依循一定的邏輯走向終結，一個轉向沒有明天的歡愉的存在所能有的結局。歡愉以禁慾的方式終結。必須明白，這兩者就像一種結局的兩張面孔。還能期待什麼更加可怕的形象呢：一個身體進行背叛的人，因爲沒有及時死去，一邊等著結局的到來，一邊演完這場笑劇，與他並不欣賞的神面對面，侍奉他，就像他侍奉生活一樣，跪倒在虛空下，向默不作聲的上蒼張開雙臂，因爲他知道這上蒼即便說些什麼也毫無深意。

我看見唐璜就在西班牙山間修道院的某間房間裡。如果他在看什麼，那絕不是失去的愛情的魂靈，他是在透過滾燙的小孔，眺望西班牙某處沉默的平原，在這塊無與倫比的、沒有靈魂的土地上，他認出了自己。是的，我們應該在這憂鬱的、閃閃發光的形象上打住。最後的結局，雖然歷經等待，但從未被期望過，最後的結局是可以忽略的。

不相信事物的深層意義，這是荒謬之人的特有屬性。

唐璜並非在「收集」女人。他只是在窮盡數量，透過女人窮盡生活的機會。

對於愛情，我所認識到的，就只是將我和某一個人聯繫在一起的，混雜了慾望、溫情和智慧的東西。

只有知曉愛是短暫的、獨特的，才能夠成就慷慨之愛。

戲劇

這種藝術的規則要求一切都要被放大、被明確地詮釋出來。

哈姆雷特說：「演出，就是一個陷阱，在那裡我抓住了國王的想法。」「抓住」這個詞用得很好。因為想法來去匆匆，很快就藏了起來。必須在來去匆匆之中抓住它，就在這不可捉摸的一瞬間，當它向自身投去稍縱即逝的一瞥時。一般人不喜歡拖延。一切都逼迫著他要快一些。但是同時，除了他自身，沒有什麼是他眞正感興趣的，尤其是在他能夠成為什麼樣的人這件事上。因此他才會對戲劇、對演出那麼饒有興味，因為他有了那麼多命運的選擇，他從中獲取的就只是命運的詩意，而不必品嘗命運的苦楚。至少在這裡，我們認出了無意識的人，他繼續快步走向並不明瞭的希望。

荒謬之人正是從希望結束之際開始的，他不再只是欣賞這個遊戲，精神想要就此介入。進入所有的這些生活，體驗它們的不同之處，這才是眞正的遊戲。我不是說，演員們普遍聽從這樣的召喚，他們就是荒謬之人，而是說，他們的命運是荒謬的命運，足以誘惑、吸引一顆敏銳的心靈。這些都有必要作爲先決條件提出來，只有這樣，下面的這些話才不會引起誤解。

演員統治的是一個一切終究歸於死亡的國度。我們知道，在所有的榮光中，演員的榮光是最爲短暫的。至少平常大家都這麼說。但是所有的榮光都是短暫的。從天狼星的角度來看，歌德的作品在一萬年後也將歸於塵土，他的名字終將被忘記。某些考古學家或許能夠找到我們這個時代的「證據」。以前，這個想法倒還眞起到過教育的作用。經過深思熟慮，我們的衝動於是最終歸於冷漠之中所發現的深沉的高貴。它使得我們總是趨向於考慮更加確定的事情，也就是說將我們導向眼下。在所有的榮光中，最不具欺騙性的就是眼下正經歷著的榮光。

演員於是選擇了不可數的榮光，這榮光是獻給自己的，並且是自己體驗到的。在一切終將消亡的事物中，他得出了最好的結論。演員要麼成功，要麼不成功。而一個作家，即便他尚且默默無聞，他仍然持有希望。他可以假設他的作品終有一天能夠證明他的價值。演員至多留一張照片下來，而他的一切，包括他的動作，他的沉默，他短暫的氣息，他愛的呼吸，統統不會到我們眼裡。對於他來說，不爲人所知，就是不演戲，而不演戲，就意味著和他所詮釋或使之復生的人物死上一百回。

＊　＊　＊

建立在最爲短暫的創造之上的必然暗淡的榮光，還有什麼比這更加讓人吃驚的呢？演員在三個小時的時間裡成爲伊阿高[1]或是阿爾切斯特[2]，成爲費德爾[3]或格洛斯特[4]。在這短暫的時間裡，只是五十見方的舞臺，他讓這些人物活著，或死去。荒謬從來不曾如此完美、如此經久地光彩奪目過。這些美好的生命，這些獨特而完整的命運，就在四壁之間，幾個小時的時間裡，生長、完成，還有比這更濃縮、更有啟示意義的嗎？從舞臺上下來，塞西斯蒙多[5]就失去了意義。兩個小時後，我們會看到演員正在城裡用晚餐。這時我們會想，這也許就是人生如夢吧。但是在塞西斯蒙多之後，又會有別的人物。一個總是遊移不定的人物取代了那個復仇後滿面通紅的人物。

透過穿越數個世紀，進入無數的心靈，盡其所能或是就其本色模仿他人，演員成了另一個荒謬的人物，一個旅者。和這旅者一樣，他窮盡了什麼，在不停地穿越。他是時間的旅者，在最好的情況下，是被追捕的靈魂的旅者。如果說，數量至上還能夠找到什麼好的理由，也就是在這奇特的舞臺上了。演員究竟在何等程度上得到這些人物的好處，這很難說。但這並不重要。我們只需要知道，演員在何等程度上融入了這些不可替代的生命。的確，他將這些人物背

1 伊阿高，莎士比亞《奧賽羅》裡的人物。
2 阿爾切斯特，莫里哀《恨世者》裡的人物。
3 費德爾，拉辛《費德爾》裡的人物。
4 格洛斯特，莎士比亞《理查三世》裡的人物。
5 塞西斯蒙多，西班牙劇作家卡爾德隆《人生如夢》裡的人物。

負在自己身上，稍稍超出了這些人物所在的時間與空間。這些人物陪伴著演員，演員無法與過去的樣子輕易地分離開來。有時，端起酒杯時，他會不自覺地用哈姆雷特的姿勢。不，他和他賦予生命的這些存在之間的距離並不那麼大。經年累月，他都會展現這一具有豐富含義的眞理，即在他想要成爲的人和他本來的面貌之間沒有界限。摹擬在何等程度上成了存在本身，這是他想要證明的，他一直想著如何才能更好地呈現這個人物。因爲這是他的藝術，百分之百的僞裝，盡可能地進入這些並非是他的生命。拼盡一切氣力之後，他的使命便綻放出光彩：費盡心思成爲一個到頭來什麼都不是的人，或者說成爲無數多的人。讓他創造人物的空間越窄，就越需要他的天賦。今天，這張本屬於他的面孔將要在三個小時之內死去。他要在三個小時之內體驗和表達這份特殊的命運。可以說，這是在發現自我之前首先要失去自我。三個小時之後，他將在這條沒有出口的道路上走到盡頭，而這條道路，觀眾席上的人需要花去一生的時間。

* * *

模仿一個要逝去的生命，演員只能做表面功夫，同時在表面上下功夫。戲劇的規則，就是內心只能透過動作和形體來表達，或者是聲音，既是靈魂的聲音也是身體的聲音。這種藝術的規則要求一切都要被放大、被明確地詮釋出來。如果說在舞臺上，演員必須像眞實的一般去愛，發出不可替代的內心的聲音，就像凝視一般去看，那我們的語言就成了密碼。沉默也必須讓人們聽到。愛要拔高聲音，而靜止變得如此壯觀。身體就是王道。「戲劇性的」這個詞可不就是這個意思，它被錯誤地貶低了，而它有著自身完整的審美與道德。人有一半的生命都是在不言而喻中度過的，轉過頭，沉默不語。演員在這裡是一個侵入生命的人。他爲這顆被縛的靈魂祛了魅，於是激情都湧向了舞臺。激情透過動作得到了表達，在叫喊聲中變得鮮活。就這樣，演員塑造人物，就是爲了表現人物。他勾勒出這些人物，給予他們血肉，悄悄地溜入想像的形象裡，給原本的幽靈注入了血液。當然，我說的是那種偉大的戲劇，給演員機會用活生生的東西去充填人物命運的那種戲劇。看看莎士比亞。在第一場，正是身體在瘋狂地舞動。就這舞動說明了一切。如果沒有這舞動，一切就都崩潰了。如果沒有趕走考狄利婭和叱責愛德格的粗暴行爲，李爾王永遠都不會去赴這場瘋狂的約會。的確，這場悲劇就是在瘋狂的標籤下展開的。靈魂被交給魔鬼和魔鬼的薩拉邦德舞曲。至少有四個瘋子，一個是職業的瘋子，一個是自願成爲的瘋子，最後兩個則是因爲備受折磨而成了瘋子：四具失去理智的身體，四張在同樣的環境下說不清道不明的面孔。

人的身體本身的層級是不夠的。面具，悲劇演員的厚底鞋，簡化並突出臉部基本要素的妝容，誇張而簡約的服飾，這一世界爲表象犧牲了一切，一切就只是爲了視覺。彷彿是荒謬的奇蹟，身體還能給人帶來認知。如果不是飾演伊阿高，我大概永遠也不會眞正理解他。即便聽到他說話也沒有用，我只有在看見他的時候才能抓住他。從荒謬之人的身上，演員獲得了單調，這獨特的、令人陶醉的身影，既奇怪又熟悉，隱含在所有主角中。我們在這一點上可以看到，偉大的戲劇作品往往會表現出這種風格的統一[ii]。這也正是演員自相矛盾的地方：雖然是同一個人，卻如此多樣，一具身體可以呈現那麼多的靈魂。但這也正是荒謬本身的矛盾之處，一個個體，想要達到一切，想要經歷一切，這是不可能的企圖，是根本無法完成的執念。

然而，一切矛盾卻在演員的身上得到了統一。在他身上，身體與精神重逢了，彼此緊緊貼合，精神已經厭倦了失敗，於是轉向他最爲忠誠的同盟。哈姆雷特說：「祝福他們吧，他們的鮮血和理性如此奇怪地混爲一體，他們已不再是命運的手指可以隨意安排從哪個孔裡發出聲音的笛子。」

* * *

爲什麼教會竟然沒有禁止演員的這種活動呢？教會當然不會承認戲劇中不計其數的異端靈魂、情感的氾濫，以及精神拒絕只經歷一種命運，迫不及待地衝向各種放縱的無恥企圖。在戲劇中，教會禁止的是對現時的趣味以及普洛透斯[6]的勝利，因爲這些都意味著對教會所傳授的一切的否定。永恆不是一場賭博。如果更傾向於戲劇，而不是歌頌永恆，那這種精神就是入了迷途。在「無處不在」和「永遠」之間，沒有妥協。在這點上，這一遭到貶低的職業就滋生了無窮的精神衝突。尼采說：「重要的不是永恆的生命，而是永恆的生命力。」的確，戲劇正是

6 普洛透斯，希臘神話中變幻無常的海神，又名海中老人。能知未來，傳說誰能見到他，誰就可以向他詢問自己的未來。

處於這樣的選擇之中。

安德麗亞娜·勒古弗勒[7]臨死之時很想懺悔、領聖體，但是她拒絕放棄自己的職業。因此她失去了懺悔的權利。說到底，她所做的這一切，不是不惜冒犯上帝從而維護自己深層的激情，又是什麼呢？而這一已經生命垂危的女性，眼含熱淚地拒絕否定她稱之爲藝術的東西，恰恰展現了她在舞臺的燈光下還未曾達到的偉大。這是她最美好的角色，也是最難堅持的角色。在天堂與微不足道的忠誠之間做出選擇，比起永恆或沉溺於上帝，寧願選擇堅持自己，這是一齣古老的悲劇，而她必須在這種悲劇中保有自己的位置。

那個時代的演員知道自己被開除了教籍。進入自己的職業，就意味著選擇了地獄。教會把他們看成自己最大的敵人。有些文學家爲此感到十分憤怒：「什麼，竟然最後還拒絕對莫里哀[8]施以援手！」然而這才是理所應當的，尤其對於這個死在舞臺之上，將整整一生都奉獻給濃妝重彩之下的各個角色的人而言。在說到他時，我們總是說天才可以原諒一切。但是天才什麼都無法原諒，就是因爲他拒絕原諒。

由此可見，演員知道等待著他的是什麼樣的懲罰。但是，這種模糊的威脅，以生命本身留給他的最後懲罰爲代價，又有什麼意義呢？他早就體會到了，而且完全接受。對於演員來說

---

7 安德麗亞娜·勒古弗勒（Andrienne Lecouvreur, 1692-1730），法國著名女演員。

8 莫里哀（Molière, 1622-1673），法國著名喜劇作家。

和對於荒謬之人來說是一樣的，過早地死去是無可挽回的。什麼也不能補償他曾經擁有過的那些面孔，他曾經穿越的那些世紀。但是無論如何，都是死亡。因爲演員無處不在，而時間拖著他，也在他身上起作用。

所以，我們需要一點點想像就能夠明白，演員的命運意味著什麼。正是在時間中，他在塑造、一一展現他的角色。也正是在時間之中，他學會了駕馭他的角色。他越是經歷了不同的生命，就越懂得如何與他們撇清。於是到了必須在舞臺上和塵世中死去的時刻。他曾經經歷過的一切都在他面前。他看得很清楚。他能夠感受到，在這樣的奇遇之中，痛苦在哪裡，不可替代的又是什麼。他知道了，於是現在可以死去。年老的演員是有退休所的。

演員統治的是一個一切終究歸於死亡的國度。

荒謬從來不曾如此完美、如此經久地光彩奪目過。這些美好的生命，這些獨特而完整的命運，就在四壁之間，幾個小時的時間裡，生長、完成，還有比這更濃縮、更有啟示意義的嗎？

演員成了另一個荒謬的人物，一個旅者。和這旅者一樣，他窮盡了什麼，在不停地穿越。他是時間的旅者，在最好的情況下，是被追捕的靈魂的旅者。

三個小時之後，他將在這條沒有出口的道路上走到盡頭，而這條道路，觀眾席上的人需要花去一生的時間。

戲劇的規則，就是內心只能透過動作和形體來表達，或者是聲音，既是靈魂的聲音也是身體的聲音。這種藝術的規則要求一切都要被放大、被明確地詮釋出來。

一個個體，想要達到一切，想要經歷一切，這是不可能的企圖，是根本無法完成的執念。然而，一切矛盾卻在演員的身上得到了統一。

正是在時間中，他在塑造、一一展現他的角色。也正是在時間之中，他學會了駕馭他的角色。他越是經歷了不同的生命，就越懂得如何與他們撇清。

征服

總有一個時刻，我們必須在靜觀與行動中做出選擇。

「不，」征服者說，「你可別以爲，愛上行動必須忘記思考。恰恰相反，我可以非常明確地定義我的信仰。因爲我竭盡全力去信仰它，我能夠明確、清晰地去看待它。那些人說，『啊，這個啊，我太了解了，以至於無法表述』，這種話非常値得懷疑。如果他們不能夠表述，要麼是因爲他們並不了解，要麼是因爲他們太懶了，了解只流於表面。」

我沒有太多的意見。在生命即將終結之際，人會發現他終其一生只是爲了確定唯一的眞理。但是唯一的眞理如果眞是那麼顯而易見，那就足以引導生活了。對於我來說，我當然有些關於個體的話要說。我們應該不用那麼客氣地說，甚至，如果有必要，可以帶有適當的蔑視來說。

一個人，往往不是靠他所說的東西成爲一個眞正的人，而更是透過他不說的東西。所以說，接下來我在很多事情上要保持沉默。但是，我堅定地相信，所有對個體做出過判斷的人，他們建立自己的判斷所依據的經驗比我們要少得多。也許是智慧，令人感動的智慧預感到必須觀察到的什麼東西。但是時代，時代的廢墟和鮮血已經用顯而易見的事實填滿了我們。古代的居民可以，甚至我們今天這個不由自主的時代的居民也可以，在社會要求的美德與個體的美德之間搖擺，試圖明白究竟應該是哪一個服務於另一個。這是可能的，首先因爲人的內心總有這樣一種錯誤而固執的想法，覺得人來到這個世界要麼就是服務的，要麼就是被服務的。這是可能的，還因爲無論是社會還是個體都還沒有顯示出他們所有的本事。

我看到有些寬厚的人沉迷於佛蘭德斯地區血腥戰爭時期那些荷蘭畫家的傑作，爲西里西亞神祕主義者在可怕的三十年戰爭中的禱詞所感動。在他們充滿驚訝的眼睛裡，他們看到的是永恆的價值超越了現世的紛爭。但是時間在流逝。今天的畫家早就沒有了這份安寧。即便他們還有一顆創造者必須有的心，我想說的是一顆決然的心，也沒有什麼用處，因爲整個世界，包括聖人自己都參軍了。這也許是我感受最深的地方。戰壕中流產的每一個造型，鋼鐵碾壓的每一道畫筆，無論是隱喻還是祈禱，都使永恆失去了一部分。我很清楚自己不能脫離時代，所以我決定與之融爲一體。我之所以會記錄那麼多的個體，就只是因爲個體在我看來是微不足道的、受侮辱的。我知道這不是勝利的事業，而我對失敗的事業充滿興趣：失敗的事業要求的是一顆完整的靈魂，對失敗和對短暫的勝利能夠一視同仁。對於那類感覺與世界命運緊密相連的人來說，文明的衝擊中有著某種令人驚恐的東西。我將之轉化成自己的驚恐，同時也想著賭上一局。在歷史與永恆之間，我選擇歷史，因爲我喜歡確定的東西。至少，對於歷史我是確認的，我又如何能夠否認這份壓垮我的力量。

總有一個時刻，我們必須在靜觀與行動中做出選擇。這就是成長爲人。這也是一種極其可怕的苦痛。但是對於一顆驕傲的心而言，是沒有中間道路的。有時是在上帝和時間之間，或者在十字架和刀之間。要麼這個世界有著超越其騷動之上的、更高的意義，否則就再也沒有比這些騷動更加眞實的了。要麼與時間共存，隨著它一起死去，要麼擺脫它，尋求一種更爲偉大的生活。我知道我們可以妥協，活於世紀之中，卻相信永恆。這叫作接受。但是我討厭這個詞，對我而言，要麼是全部，要麼就是一無所有。如果我選擇行動，千萬別以爲靜觀對於我來說就是一片完全未知的土地。但是它不能給予我全部，被剝奪了永恆的我只能附著於時間。我既不願把懷念也不願把苦澀記在我的帳上，我只想看得清楚一些。我和您說過，明天您也會應徵入伍。對於您和對於我來說都是一樣，都會是解放。個體什麼也做不了，但是他也無所不能。在這美妙的預備役時刻，您可以明白，爲什麼我有時頌揚個體，有時又會將其貶得一錢不值。是這世界將個體碾壓得粉碎，而我卻解放了個體。我把他所有的權利給了他。

＊　＊　＊

征服者知道行動本身是沒有用處的。只有一種行動是有用的，那可能就是對人和地球進行再造的行動。我從來沒有對人進行過澈底改造。但是必須做得「像眞的一樣」。因爲鬥爭的道路讓我遇見了肉身。即便慘遭侮辱，肉身仍是我唯一確定的東西。我只能依靠它生活。造物是我的故土。這就是爲什麼我會選擇這一荒謬的、無目的的努力。這就是爲什麼我會選擇站在鬥爭的一邊。時代適合於此，我說過。迄今爲止，一個征服者的偉大還是地理意義上的。偉大的程度依據被征服的領土的廣度來計算。如果說，「征服者」這個詞改變了意思，不再指得勝的將軍，這種改變可不是無關緊要的。偉大換了陣營。從此之後只寄身於反抗和沒有未來的犧牲之中。在這點上也是一樣，並不是出於對於潰敗的興趣。勝利還是被期待的。但勝利只有一種，它是永恆的。這恰是我永遠也不會擁有的。這就是我碰到的問題，同時也是我緊緊抓住的東西。革命總是在對諸神的反抗中結束，總是以普羅米修斯的革命開始，普羅米修斯是第一個現代意義的征服者。這是人類對抗自己命運的要求：所謂窮人的要求就只是一個藉口。但是我只能在人的歷史行動中才能夠抓住這一精神，也正是在這一點上，我連接上了普羅米修斯的革命。但千萬不要認爲我熱衷於此：在本質的矛盾面前，我更堅持人類的矛盾。我將我的清醒安放在否定它的東西中。在人類被壓垮之際，我頌揚人類，而我的自由、反抗和激情都彙聚在這張力、這洞察力和這過度的重複中。

是的，人就是他自己的結局，是他自己唯一的結局。如果他想成爲某種東西，那也是在這生命中。現在，我終於知道了這一點。征服者有時會談到勝利，戰勝。但是他們想說的都是「自我戰勝」。你們很清楚這意味著什麼。在某些時候，任何一個人都會覺得他和某個神應該是平等的。至少，我們都這麼說。但是這一刻如閃電一般，只是在人突然覺出人類精神的偉大之時。征服者，相較於其他人，就是那些能夠感受到自己的力量，以便讓自己持續地生活在這樣的高度上，並且對這一偉大有充分認識的人。這多多少少就是一個算術問題。征服者能夠盡其所能。但是他無法超越人本身，只要後者是這麼想的。這就是爲什麼，征服者從來不可能離開人類的熔爐，他們總是懷揣一顆最熾熱的革命的靈魂。

在人類的熔爐裡，征服者會遇到殘缺的造物，但他們也會遇到他們唯一鍾愛、欣賞的價值，即人與人的沉默。這既是他們的貧困所在，亦是他們的富有所在。對於他們而言，唯一的奢侈就是人與人的關係。我們如何能不理解，在這脆弱的世界中，人類的一切，而且是僅僅屬於人類的一切具有了更加灼人的意義？拉長的臉龐，受到威脅的兄弟情誼，人與人之間如此強烈、如此羞於表達的友誼，這些都是眞正的財富，因爲它們是可能會消失的。正是它們使得精神能夠最好地感受到自己的力量和界限，能夠感受到自身的有效性。有人會說天賦。但是天賦這詞可能太輕易了，我更喜歡說智慧。必須說的是，智慧能夠如此美妙。它可以照亮、統治這片荒漠。它知道自身的奴性，並且加以揭示。它與身體一同死去。但是知道這一點，這就是智慧的自由所在。

*　*　*

我們並不是不知道，所有的教堂都是和我們作對的。一顆如此緊張的心自然回避永恆，而所有的教會，無論是宗教意義的還是政治意義的，都傾向於永恆。幸福和勇氣，回報或正義，這些對於形形色色的教會來說只是次要目的。這只是它們提出的一種理論而已，需要的是贊同。但是我無意於理論，也無意於永恆。適合我的眞理，都是可以觸摸得到的。我不能與之分離。這就是爲什麼，你們不能指望我什麼：一個征服者身上沒有什麼是延續的，甚至他的理論也不能夠。

這一切的盡頭無論如何都是死亡。我們很清楚這一點。我們也很清楚，死亡會終結一切。這就是爲什麼，糾纏著我們之中一些人的、遍布歐洲的墓地如此醜陋。我們只會對我們熱愛之物進行美化，死亡卻讓我們感到厭惡，讓我們煩惱。它也是需要被征服的。在因鼠疫而淪爲一座空城的帕多瓦城，最後一個遭到威尼斯人圍攻的卡拉拉族人大叫著跑遍了空無一人的宮殿：他在呼喚魔鬼，只求一死。這是一種戰勝死亡的方式。而在西方，這同時也是一種勇氣的標誌，將死神自認爲受到尊崇的地方變得如此可怕。在反抗者的世界裡，是死亡激起了不公正。死亡就是最過度的不公正。

其他人也沒有妥協，他們選擇了永恆，揭露這個世界的幻象。他們的墳墓在花香鳥語中微笑。這非常適合征服者，讓他看清楚他所拒斥的東西究竟是怎樣的一幅畫面。可他正相反，他選擇了黑鐵的圍柵或是無名的壕溝。在如此這般能與死亡的圖景共生的精神面前，最優秀的永恆之人有時會因爲崇敬和憐憫而感到戰慄。然而前者卻從中汲取力量，找到了他們的合法性。我們的命運就擺在我們自己面前，我們挑戰的就是自己的命運。不是出於驕傲，而是因爲清醒地意識到超出我們可控範圍的生存條件。我們有時也會對自己產生憐憫之心。這是我們覺得唯一可以接受的同情；在您看來這種情感幾乎無法理解，沒有一點陽剛之氣。然而我們當中最勇敢的人才有這樣的體會。我們覺得清醒的人才可以稱得上是陽剛，力量不應該脫離清醒。

＊　＊　＊

我再一次申明，這些場景無關道德，也並不能從中得出任何判斷：就僅僅是畫面而已。它們所展現的只是一種生活方式。情人、演員或是冒險家，他們在表現荒謬。但是他們只要願意，也可以是慈善家、公務員或是共和國總統。只需要清楚，不再遮遮掩掩。在義大利的博物館裡，我們有時能看到那種彩繪的小幕布，神父用它來遮住絞刑架。各種形式的跳躍，衝向神聖或是永恆，投入到日常生活或是某種思想的幻想中，這些小幕布遮掩的就是荒謬。但是有些公務員就不用這樣的小幕布，我想談論的是他們。

我選擇一些最爲極端的例子。在這層意義上，荒謬給了他們某種皇室一般的權利。的確，他們都是些沒有王國的王子。但是相較於別人，他們的優勢就在於，他們知道所有的王國最終歸於虛幻。他們知道，這就是自己的偉大之處，別人再說什麼他們隱藏了不幸，只留下幻滅的灰燼，對他們而言都無所謂。被剝奪了希望，並不意味著絕望。塵世間的火焰與天堂裡的香氛具有同樣的價值。包括我在內的任何人都不能對他們做出評判。他們並不想要做最優秀的人，只是想要做一個前後一致的人。如果「智者」一詞指的是那類只寄希望於自己所有的，而不把賭注押在虛無之物上的人，那他們就是智者。他們當中有一個是比任何人都清楚的，他是精神上的征服者，知識領域的唐璜，智慧層面的演員，他說：「如果我們想要如綿羊般溫情脈脈，甚至到了無懈可擊的地步，那我們就不配在這世間、在天堂中享有任何特權：因爲我們至多不過是頭上長著犄角的可笑的小綿羊，僅此而已，並且還不能虛榮至死，還不能因頤指氣使的判官態度招來什麼醜聞。」

無論如何，我們必須恢復荒謬推理的熱情面貌。想像力就可以增添很多這樣的面貌，那些被時間和流亡捆住手腳的人，他們也知道如何在一個沒有未來和弱點的世界中生活。這個荒謬的、無神的世界裡居住著清醒的、不再希望的人。而我還沒有談到這當中最爲荒謬的一個，即創造者。

一個人，往往不是靠他所說的東西成為一個真正的人，而更是透過他不說的東西。

我之所以會記錄那麼多的個體，就只是因為個體在我看來是微不足道的、受侮辱的。

在歷史與永恆之間，我選擇歷史，因為我喜歡確定的東西。至少，對於歷史我是確認的，我又如何能夠否認這份壓垮我的力量。

要麼與時間共存，隨著它一起死去，要麼擺脫它，尋求一種更為偉大的生活。

在人類被壓垮之際，我頌揚人類，而我的自由、反抗和激情都彙聚在這張力、這洞察力和這過度的重複中。

我無意於理論，也無意於永恆。適合我的真理，都是可以觸摸得到的。

被剝奪了希望，並不意味著絕望。塵世間的火焰與天堂裡的香氛具有同樣的價值。

作者注

i 引誘者在這裡取其全部的意義，也包含其缺陷。一種健康的態度也有其缺陷。

ii 我想到的是莫里哀筆下的阿爾切斯特（Alceste）。一切都是那麼簡單，那麼顯而易見，那麼通俗。阿爾切斯特與菲林特（Philinte）之間的對立，色麗曼娜（Célimène）與埃蘭特（Elianthe）之間的對立，整個主題都沉浸在匆匆邁向結局的荒謬結局裡，而此中的詩句，「蹩腳的詩句」，節奏乏善可陳，正如人物單調的性格。

荒謬的創造

哲學與小說

生活和思考一樣，都是值得經歷的。

在荒謬之地稀薄的空氣中存活的生命，如果不是憑藉一種深刻而持續的思想來激勵，這些生命就難以為繼。這裡甚至只能是一種特別的忠實情感。我們看到，有一些人，在戰爭時期的一群蠢人中間清醒地完成自己的使命，而且並不認為自己身處矛盾之中。這是因為不能回避任何東西。因此有一種可以支撐世界荒謬性的形而上的幸福。征服或是遊戲，不計其數的愛情，荒謬的反抗，這些都是人在註定要被戰勝的戰役中，向自己的尊嚴致以敬意。

因而這只是遵守戰鬥規則的問題。這一思想本也足以滋養一種精神：它可以支撐完整的文明。我們並不否定戰爭。要麼為之死，要麼倚之生。對於荒謬也是一樣：就是與之同命運共呼吸；承認它給我們帶來的教益，重新找回它的血肉。從這個角度來說，荒謬最為典型的快樂就是創造。「藝術，只有藝術，」尼采說，「我們擁有藝術，因此可以不再為眞理而死。」

在我試圖描繪，並且透過不同方式讓人感受的經驗中，可以肯定的是，總是一種痛苦泯滅了，另一種痛苦才會突然出現。對忘卻的幼稚期待，對滿足的呼喚，這一切都毫無回音。而讓人面對世界的這份永恆的張力，讓人趨於擁抱一切的恪守秩序的瘋狂，卻給人留下了另一種瘋狂。在這個世界裡，作品是唯一維持意識，並且將冒險固定下來的機會。創造，就是活過兩次。普魯斯特探索性的、充滿焦慮的追求，他對鮮花、地毯以及恐懼的細緻描繪，這一切都不意味著別的，而是活過兩次。同時，這種創造卻也並不比演員、征服者以及一切荒謬之人每天所投入的持續的、無法估算的創造更加有意義。創造也是在試圖模仿、重複和重建屬於他們的現時。我們最終都會看到眞理的面目。對於脫離了永恆的人來說，存在就只是在荒謬面具下的無度的模仿。創造，就是最大的模仿。

首先，這些人明白，其次，他們所有的努力都在於穿越、擴大和豐富這座他們才登陸的沒有未來的島嶼。但是首先我們必須明白。因爲荒謬的發現正是未來的激情產生並且得到合法化的那段停滯的時間。即便沒有福音的人也會有他們的橄欖山[1]。而荒謬之人在他們的橄欖山上也不能睡著。對於荒謬之人來說，問題不是要解釋和解決，而是體驗和描繪。一切都始於清醒的冷漠。

描繪，這是荒謬思想最後的野心。科學也是一樣，在抵達其悖論的終點之時，不再提供任何建議，而是停下來欣賞、描繪現象未經開發的風景。因此，心靈教會我們，這一將我們帶到

1 橄欖山，耶路撒冷的宗教聖地，耶穌曾經布道的地方，周圍遍植橄欖木。

世界不同面貌的激情並不是來自世界的深度，而是來自世界的豐富性。解釋是徒勞的，但是感覺仍在，而伴隨著感覺的，是對一個在數量上取之不竭的世界的不斷呼喚。我們因而理解了藝術作品的地位。

藝術作品標誌著一種經驗的死亡和繁衍。它是對由這個世界組織好的一些主題單調但充滿激情的重複：身體、寺廟三角楣上取之不竭的圖像，還有形狀或是色彩，數量或是悲傷。最終在造物主美妙而純質的世界裡重新找回本文的重要主題並非無關緊要。如果我們把藝術作品看作是某種象徵，或是相信藝術作品最終可以被看作是荒謬的避處，那就大錯特錯了。因爲它本身就是荒謬的現象，是荒謬的描述罷了。藝術作品不能夠爲精神的痛苦提供出口。恰恰相反，它就是在人的思想中迴響的痛苦的指徵之一。但是它第一次讓精神跳出自身，將後者置於別人的面前，不是爲了使其迷失方向，而是爲了給它指明一條沒有出口但彙集了眾生的道路。在荒謬推理的時刻，創造跟隨的是置之度外和發現。它標誌著荒謬的情感紛紛往前衝的那一點，就在那一點上，理性停下了腳步。創造在本文中的重要地位也因此有了解釋。

只需要看一眼創造者和思想者共有的幾個主題，我們就能在藝術作品中找到荒謬思想的所有悖論。事實上，與其說荒謬思想和藝術創作有著讓兩種智慧更爲接近的結論，還不如說它們有著相同的矛盾。思想和創造也是一樣。我幾乎不需要說，是同一種痛苦讓人採取了這些態度。正因爲如此，開始時兩者是十分相似的。但是，基於荒謬的所有思想中，鮮有能夠堅持下去的。有了差距和不一貫，我就能夠做出判斷，知道哪些是只屬於荒謬的。同時，我應該問自己：一部荒謬作品是可能的嗎？

* * *

也許我們不能太堅持藝術與哲學之間的古老對立的武斷性。如果我們是從過於嚴格的意義上來說這一點，這肯定是錯的。如果我們要說只是每個學科各有其獨特的環境，那這樣說也許是對的，只是有點模糊。唯一可以接受的論據在於一個**關在**自己體系裡的哲學家與一個**面對**其作品的藝術家之間存在的矛盾。但這樣說，只是對於某種形式的藝術和哲學才行之有效，而在這裡，我們認爲這一類的藝術和哲學是次要的。所謂擺脫其創造者的藝術不僅僅是過時的，而且是錯的。和藝術家不同，我們總是強調，沒有一個哲學家擁有好幾個體系。如果這話沒錯，那同樣，沒有一個藝術家講的不是同一個東西，雖然其形式有可能千變萬化。藝術只有在瞬間抵達的完美，它必須不斷翻新云云，不過是一種偏見罷了。因爲藝術作品也是一種建構，大家其實都很清楚，那些偉大的創造者總是非常單調。能夠與思想家比肩的藝術家總是在介入自己的作品，並在其中發展。這種滲透帶來了最重要的審美問題。此外，對於確認精神目的具有一致性的人來說，根本就無所謂方法和對象的差別。人類用於理解和愛的學科之間沒有界限。這些學科彼此融入，同樣的恐懼使得它們彼此混同。

在開始時講清楚這一點很有必要。爲了讓一部荒謬作品有可能形成，思想必須以其最爲清醒的方式參與其中。但同時，除了支配性的智慧之外，它又不能以其他的方式顯現。這一悖論可以透過荒謬得到解釋。藝術作品誕生於智慧放棄引導具體事物之時，它標誌著肉身的勝利。這是清醒的思想所引導的，但就在這一行爲發生之時，清醒的思想放棄了自身。它不會屈從於將更深的意義疊加在描述之上的誘惑，因爲它知道這是不合理的。藝術作品表現智慧的劇情，但只能以間接的方式。荒謬作品要求一個藝術家能夠意識到這些界限，它所要求的藝術是那種具體的事物，除了自身，不具有任何其他意義的藝術。它不能成爲生活的目的、意義或是慰藉。創造，或是不創造，這改變不了什麼。一個荒謬創造者不會過於看重自己的作品。他可能會放棄；有時他眞的放棄了。有一個阿比西尼亞[2]就夠了。

我們從中可以看到一種美學的規則。眞正的藝術作品始終合乎人的尺度，是那類說得「少」的作品。在一個藝術家的總體經驗和反映其總體經驗的作品之間，在《威廉．邁斯特》和歌德的成熟之間，總存在著某種關係。但是，如果作品想要將經驗一股腦兒地傾瀉在一種解釋文學的花邊紙上，這種關係就會是有害的了。而如果作品只是從經驗中裁剪的一塊，是內在光芒凝聚而無限的鑽石的一面，這種關係就是有益的。在第一種情況下，作品負載過重，而且有對永恆的嚮往。而在第二種情況下，因爲經驗是暗指的，我們只能猜測到其中的豐富性，因而作品也具有無窮的豐富性。對荒謬藝術家來說，關鍵在於如何獲取超越專業技能的處世智慧。一句話，浸淫在這種氛圍中的偉大藝術家首先是一個非常懂得生活的人，他已經明白，生

2 阿比西尼亞，非洲衣索比亞的舊稱。蘭波放棄詩歌之後，曾前往非洲經商，在一八九〇年前後，巴黎的詩人在阿比西尼亞找到了他，欣喜若狂，以為他會重返詩壇。但蘭波返回法國不久後即病逝。這裡隱喻蘭波的放棄，亦即對藝術的放棄。

活和思考一樣，都是值得經歷的。因此，作品是智慧戲劇的化身。荒謬作品展現的是放棄思想的權威性，心甘情願地成爲完成表象，且將沒有理性的一切事物覆滿形象的智慧。如果說世界是清晰的，藝術也許不是。

我所說的並不是形式或是色彩的藝術，這類藝術唯一看重的是簡樸卻燦爛的描述[i]。表述始於思想結束之時。這些遍布在廟宇與博物館的眼神空茫的少年，我們把他們的哲學變成了行動。對於荒謬之人，這種哲學要比所有的圖書館都富有教益。就另一個方面而言，它和音樂是一樣的。如果說，有一種藝術被去除了規訓的意味，那就是音樂這種藝術。音樂與數學如此相像，以至於不得不借用了數學的無動機性（gratuité）。這一與自身的精神遊戲依據事先約定的、節制的規則，在我們這個有聲的空間裡展開，而在這個空間之外，振動在一個非人的世界裡彙聚。再也沒有比這個更爲純粹的感覺了。這些例子很容易找到。荒謬之人承認，這樣的和諧與形式都是自己所擁有的。

但是我在這裡，想談到一種作品，這種作品包含了最大的解釋的企圖，它給了自己幻想，並且幾乎不缺乏結論。我想要說的是小說創作。我在想，荒謬是否能在小說創作裡繼續下去。

＊　＊　＊

思想，首先是想要建立一個世界（或是限定自己的世界，這是一回事），是從將人與他的經驗分離開來的本質性的分歧出發，憑藉懷念，找到一方一致的領地，一個被理性框定的世界，或是用一連串可以解決讓人無法忍受的分歧的類比來解釋的世界。一個哲學家，即便是像康德這樣的哲學家，也是一個創造者。他有自己的角色、象徵和祕密行動。他有自己的結局。相反，儘管表面上看起來不是這樣，走到詩歌與隨筆前方的小說展現的卻只是藝術的智性化過程。我們在這一點上要說清楚，這裡涉及的只是最偉大的小說。某一體裁的豐富性和偉大性往往只能夠透過其遺留的殘渣來進行判斷。儘管糟糕的小說不計其數，但這並不能使我們忘記優秀小說的偉大。優秀的小說自成宇宙。小說有它的邏輯、推理、直覺和假設。它也有對清晰的要求[ii]。

在這一特殊情形下，我在上文提到過的藝術與哲學的古老對立似乎更沒什麼合理性。只有在我們很容易將哲學與其作者區分開來的時代，它是有效的。今天，思想不再圖謀普適性，而更青睞追悔的歷史，我們於是知道，如果某個思想體系行之有效，那它與它的作者是分不開的。從某種意義上說，《倫理學》[3]只是邏輯嚴密的長篇告白而已。抽象的思想終於與有血有肉的載體連接在一起。同樣，建立在肉身與情感之上的小說遊戲則依據某種世界觀變得更加井然有序了。我們不再講「故事」，而是建立自己的世界。最偉大的小說家都是哲學意義上的小說家，與那種只知道陳述觀點的作家正相反。像巴爾札克、薩德、梅爾維爾、斯湯達爾、杜斯

3 《倫理學》，斯賓諾莎（Benedictus Spinoza, 1632-1677）的哲學著作。

妥也夫斯基、普魯斯特、馬爾羅、卡夫卡等等就是這樣。

　但是，他們做出的選擇是用形象，而不是用推理來寫作，這種選擇揭示了他們共同的某種思想，即認爲一切解釋的原則都是無用的，只有敏銳的表象傳遞了富有教益的信息。他們把作品看作是結束，同時也看作是起點。作品是未經表述的某種哲學的完成，是它的展現和圓滿。但只有透過這種哲學的非直接表述，作品才能是完整的。它終於使得這一古老主題的變化趨於合理，即少許思想便遠離了生活，而許多思想則又回到了生活。思想無法使現實變得崇高，於是便停止了對它的模仿。這裡談到的小說就是一種認知工具，這種認知既是相對的，也是無法窮盡的，與我們對愛的認知何其相似。對於愛情，小說創作有著原初的迷醉和豐富的反芻。

＊　＊　＊

　這至少是我開始時所承認的小說創作的魅力。但相同的魅力，我曾在被侮辱的思想的王者身上也能夠感受到，而且接下來我就看到他們自殺身亡。我感興趣的，正是知曉和描繪將他們帶向同樣的幻滅的共同道路。我用的還會是同一種方法。因爲使用過，這樣就能夠縮短我的推理過程，不必費時用一個確切的例子進行概括。我想要知道，接受了義無反顧的生活之後，人們是否能夠默許義無反顧的工作與創造，而通往這些自由的道路又究竟是怎樣的。我希望我的世界不再爲這些幽靈所糾纏，希望我的世界裡只有鮮活的、我不能否定其存在的眞相。我可以完成荒謬的作品，選擇創造的態度，而不是別的。但是一種荒謬的態度，如果想要保持住，就必須始終意識到它的無動機性。作品也是一樣。如果荒謬的戒律沒有得到尊重，如果它沒有展現分歧與反抗，如果它迎合幻想，挑起希望，它就不再是無動機的了。我就無法擺脫它。我的生活可以從中找到一種意義：這是可笑的。它就不再是這樣一種超然和激情的練習，而這種練習消耗的是人之生命的燦爛與無用。

在創造中，解釋的誘惑是極爲強烈的，我們能否抵禦這種誘惑？在虛構的世界裡，對眞實世界的意識極爲強烈，我是否還能夠忠實於荒謬，而不去迎合得出某種結論的願望？在最後的努力中，我們面臨同樣多的問題。我們已經明白這些問題都意味著什麼。這是意識最後的猶疑，害怕因爲最後的幻想而放棄最初的、來之不易的教訓。創造被看作是對荒謬有清醒意識的人的一種可能的態度，對於創造來說有價值的東西，對於人具有的所有生活方式而言也都有價值。征服者也罷，演員也罷，創造者也罷，唐璜也罷，他們都可能會忘記，如果沒有意識到這種生活方式的非正常之處，也就不可能將這種生活方式繼續下去。我們很快就會習慣。我們想要掙錢，這樣就能活得更加幸福，於是所有的努力、生活中最好的東西都集中在了如何獲取金錢上。幸福本身被忘卻了，手段被當成了目的。同樣，征服者的所有努力都偏離到他的野心上，而野心不過是通向更盛大的生命的道路而已。唐璜也默許了他的命運，滿足於這種只有透過反抗才能證明其偉大的存在方式。對於征服者來說，是意識，而對於唐璜來說，是反抗，在兩種情形下，荒謬都消失了。在人的內心有如此堅韌的希望，即便是最爲眞實的人有時也會默許幻想。這份默許出於安寧的需要，是存在意願的內在的兄弟。因此，既有光明之神，也有泥塑的偶像。這是一條中間道路，通向我們所尋求的人的面目。

到現在爲止，還是荒謬要求的失敗最好地解釋了何爲荒謬。同樣，我們只要警醒，小說創造也和某些哲學一樣，提供的是同樣含糊不清的知識，這已足夠。我可以選擇一部彙聚了一切荒謬意識標識的作品來展現它，關鍵是起點要明確，環境要清楚。它的結果會對我們有教益。如果荒謬沒有得到尊重，我們就會知道幻想究竟是透過什麼管道被引入的。一個具體的例子，一個主題，一種創造者的忠誠，這一切便是足夠。同樣的分析我們先前已經詳盡地做過。

我會考察杜斯妥也夫斯基偏愛的一個主題。我本可以研究其他作品[iii]。但是用這部作品，就偉大和激情而言，問題將會直接得到呈現，就像對於我們先前談及的存在主義思想一樣。這種平行的展開有利於我的研究。

創造，就是活過兩次。

對於荒謬之人來說，問題不是要解釋和解決，而是體驗和描繪。一切都始於清醒的冷漠。

藝術作品誕生於智慧放棄引導具體事物之時，它標誌著肉身的勝利。

荒謬作品展現的是放棄思想的權威性，心甘情願地成為完成表象，且將沒有理性的一切事物覆滿形象的智慧。

如果說，有一種藝術被去除了規訓的意味，那就是音樂這種藝術。音樂與數學如此相像，以至於不得不借用了數學的無動機性。

我想要知道，接受了義無反顧的生活之後，人們是否能夠默許義無反顧的工作與創造，而通往這些自由的道路又究竟是怎樣的。

基里洛夫

> 殺死上帝，就是成為神本身。

杜斯妥也夫斯基筆下的所有主人公都在追問生命的意義。他們的現代性就在於此：他們不擔心可笑的問題。現代的敏感性與古典的敏感性的區別就在於，後者關心的是倫理問題，而前者關心的是形而上的問題。在杜斯妥也夫斯基的小說中，問題以如此強烈的方式提出，以至於問題只能有極端的解決方式。存在要麼是謊言，要麼就是永恆的。如果杜斯妥也夫斯基只是滿足於這樣的檢驗，那他就會是一個哲學家。但是他展現了這類精神遊戲對一個人的生活產生的影響和後果，正是基於此，他是一個藝術家。而在眾多的後果中，最後一種尤其受到他的關注，亦即他在《作家日記》中所稱的邏輯的自殺。在一八七六年十二月出版的那一冊日記中，他的確想像了「邏輯的自殺」的推理過程。他認爲，對於不相信不朽的人來說，人的存在是完完全全的荒謬，於是絕望的人就得到了以下的結論：

既然對於我來說，關於幸福的問題，我的意識向我回答說，我只有和這偉大的整體是和諧一致的，我才能夠幸福，我不能夠設想，而且我永遠也不能處在設想的狀態，這是顯而易見的……

……最後，既然按照規定，我同時承擔原告和擔保人的角色，被告和法官的角色，既然我覺得自然呈現的戲劇如此愚蠢，我覺得哪怕是接受演出對我而言都是一種侮辱……

我以無可爭議的原告和擔保人、被告和法官的身分判定，恬不知恥、毫無顧忌的自然之所以讓我生，就是爲了讓我承受痛苦——我判處它與我一起毀滅。

在這立場中還有一點幽默的意味。這位自殺者之所以自殺，是因爲從形而上的層面來說，他被**激怒**了，在某種程度上，他是在報復。這是證明這世界不會「擁有他」的一種方式。但是我們都知道，在《群魔》的人物基里諾夫身上，同樣的主題得到了更爲宏闊的展現，他也是邏輯的自殺的支持者。工程師基里洛夫在某處宣稱要剝奪自己的生命，因爲「這是他的想法」。我們應該從這個詞的字面意義來理解。他是爲了某種想法、某種思想而投身死亡。這是高級的自殺。漸漸地，在舞臺上，基里洛夫的面具逐漸被揭開，鼓舞著他求死的想法呈現在我們面前。工程師實際上襲用了《作家日記》中的推理過程。他覺得上帝是必要的，上帝應該存在。但是他知道，上帝並不存在，而且不可能存在。「你怎麼能不明白，」他叫道，「要自殺，這個理由就已經足夠？」這種態度也在他身上造成了一些荒謬的後果。他無動於衷地接受別人利用他的自殺來服務於他蔑視的事業。「從今天夜裡開始，我做出決定，這對我來說無所謂。」他於是在一種摻雜著反抗和自由的情感中，開始準備他的行動。「我自殺，是爲了證明我不從屬於任何東西，是爲了證明我全新的、可怕的自由。」這裡不再是一種報復，而是反抗。因而基里洛夫是一個荒謬人物，然而他還是在關鍵問題上，即自殺的問題上有所保留。他本人恰恰解釋了這一矛盾，同時揭示了最爲純粹的荒謬的祕密。的確，在求死的邏輯之上，他增加了一種非同尋常的野心，這就使得人物獲得了一種完整的觀點：他要透過死成爲神。

推理的過程具有古典意義的清晰。如果上帝不存在，基里洛夫就是神。如果上帝不存在，基里洛夫就應該自殺。因此基里洛夫自殺是爲了成爲神。這一邏輯是荒謬的，但又是必須的。有趣的地方在於賦予這份回到大地上的神性以意義。這就又回到了對前提的闡釋上：「如果上帝不存在，我就是神。」而這個前提依然晦澀。我們應該首先注意到，宣告這個瘋狂想法的人是這塵世之人。每天早上，他都做體操鍛煉身體。他爲沙托夫重新找回妻子的喜悅而感動。他死後，人們找到他的一張紙，上面畫著一個向「他們」伸出舌頭的鬼臉。他稚氣，易怒，充滿激情，有條不紊，還很敏感。如果說他是超人，他只具備超人的邏輯和固定觀念，卻具有普通人的所有特徵。但他平靜地談起自己的神性。他並不是瘋子，杜斯妥也夫斯基也不是瘋子。並非他的狂妄自大造成了他的激動不安。這一次，如果按照字面意義來理解，那就不免可笑了。

基里洛夫本人幫助我們更好地理解了這一點。在斯塔夫羅金的問題上，他明確道，他所說的並不是「神－人」。我們或許會想，他這是有意區別於基督。但實際上他是要加上一條。基里洛夫想過，耶穌死時並**沒有回到天堂**。耶穌於是很清楚，他遭受的折磨都是徒勞。工程師說：「自然法則使得基督在謊言中生活，並爲了謊言而死去。」只有在這個意義上，基督體現了整個人類的悲劇。基督是「完人」，因爲他讓最爲荒謬的狀況成爲現實。他不是「神－人」，而是「人－神」。我們每個人在某種程度上都和他一樣，可以被釘在十字架上，遭受欺騙。

因此這裡所涉及的神性是塵世意義的。「我找尋了三年，」基里洛夫說，「我一直在找尋我的神性特徵，我找到了。我的神性特徵，就是獨立。」我們自此可以明白基里洛夫的前提是什麼：「如果上帝不存在，我就是神。」成爲神，就是在這塵世間獲取自由，不用服務於某個不朽的存在。當然，所謂的成爲神，就是從這痛苦的獨立中得出所有的結果。如果上帝存在，那麼一切都取決於上帝，我們也無法違背上帝的意志。如果上帝不存在，一切則取決於我們。和尼采一樣，對於基里洛夫來說，殺死上帝，就是成爲神本身，是在這塵世中實現《福音書》中所說的永恆的生活[iv]。

但是，如果這形而上的罪惡對於人的最終完成已是足夠，爲什麼還要加上自殺？爲什麼要自殺，爲什麼在獲取自由之後要離開這世界？這不無矛盾。基里洛夫很清楚，於是他又接著說道：「如果你能感受到這一點，你就是一個獨裁者，根本不會自殺，你會生活在榮耀的巔峰。」但是人們不知道。他們不知道「這一點」。就像在普羅米修斯的時代，人們在自己心中孕育著盲目的希望[v]。他們需要有人爲他們指明道路，無法擺脫說教。因此，出於對人類的愛，基里洛夫必須自殺。他要爲他的兄弟們指明一條艱難的康莊大道，他是這道上的第一人。因而這是富有教育意義的自殺。基里洛夫做出的是一種自我犧牲。但是如果說他也上了十字架，他卻並沒有被欺騙。他仍然是「人—神」，知道這是沒有未來的死亡，沉浸在福音的悲傷中。他說：「我，我是不幸的，因爲我**不得不**肯定我的自由。」但是他死了，人們終於明白，這片土地上住滿了獨裁者，同時將閃耀著人性的光輝。基里洛夫的一槍是終極革命的信號。因此，將他推向死亡的不是絕望，而是鄰人對他的愛。在血泊中結束精神難以形容的冒險之前，基里洛夫說了一句和人類的痛苦一樣古老的話：「一切都很好。」

因而，在杜斯妥也夫斯基筆下，自殺的主題就是一個荒謬主題。在更深入之前，我們只需要指出，基里洛夫也在其他人物身上獲得了新生，而這些人物又帶入了新的荒謬主題。斯塔夫羅金和伊凡．卡拉馬助夫在生活實踐中都運用了荒謬眞理。基里洛夫的死解放了他們。他們嘗試著成爲獨裁者。斯塔夫羅金過著一種「諷刺的」生活，我們很清楚這是什麼。他挑起了周圍人的仇恨。然而，這個人物的關鍵字在他的告別信中：「我再也沒有什麼可憎惡的了。」他在冷漠中成爲獨裁者。伊凡在拒絕廢除精神的至高權力時也成爲一個獨裁者。對於那些諸如他哥哥那樣透過生活證明只有卑躬屈膝才能成就信仰的人來說，他可能的回答是，人類的狀況不配。他的關鍵字就是「一切皆被許可」，只需一點合適的悲傷。當然，他和上帝最著名的殺手之一尼采一樣，最後也墜入了瘋狂。但這是必須冒的險，而在這些悲劇性的結局前，荒謬精神最重要的動作就是探問：「這究竟證明了什麼？」

＊　＊　＊

因此，小說和《作家日記》一樣，提出了荒謬問題。小說建立了直至死亡的邏輯，還有亢奮，「可怕的」自由，變得具有人性光輝的獨裁者的光榮。一切都很好，一切皆被許可，沒有什麼可憎惡的：這些就是荒謬的判斷。但這是多麼神奇的創造啊，所有這些如火如冰的人物在我們看來是那麼可親！他們內心咆哮著的冷漠在我們看來一點也不可怕，這是一個充滿激情的世界。我們從中發現了我們日常的恐懼。也許，再也沒有人能像杜斯妥也夫斯基那樣，賦予荒謬世界以如此親切又如此折磨人的魅力。

然而，他的結論是什麼？兩段引文可以證明這條形上學的倒轉之路將作家引向了其他的啟示。邏輯自殺者的推理引起了批評界的一些異議，杜斯妥也夫斯基在後來出版的《作家日記》中進一步說明了他的立場，並做出這樣的結論：「如果不朽的信念對於人的存在來說如此不可或缺（以至於因爲缺乏這一信念，他要自殺），這是因爲不朽的信念是人的常態。既然如此，人的靈魂的不朽是毫無疑義的。」另一處是在杜斯妥也夫斯基最後一部小說的最後幾頁，在和上帝的殊死搏鬥行將終結之際，孩子們問阿遼沙：「卡拉馬助夫，宗教說的都是眞的嗎，說我們會復活，說我們還會見面的，是嗎？」阿遼沙回答說：「當然，我們會再見面的，我們會開心地聊起過去的一切。」

這樣，基里洛夫、斯塔夫羅金和伊凡都被打敗了。《卡拉馬助夫兄弟們》對《群魔》做出了回答。這的確是個結論。阿遼沙的情況不像梅詩金公爵一樣模糊。因爲生病，梅詩金公爵永遠都生活在現時之中，帶著微笑和淡漠，而這一眞福者的狀態可以成爲公爵所說的永恆的生活。阿遼沙正相反，他說得很好：「我們會再見面的。」於是不再是自殺和瘋狂的問題。對於一個堅信不朽及其快樂的人來說，還有什麼好說的呢？人用他的神性來換取幸福。「我們會開心地聊起過去的一切。」於是，基里洛夫在俄國某地開了一槍，但是世界還繼續維持著盲目的希望。人們並沒有明白「這一點」。

因此，和我們交談的並不是一位荒謬小說家，而是一位存在主義小說家。這裡，跳躍依舊是感人的，賦予了給我們帶來靈感的藝術以某種偉大之處。這是一種認同，既是感人的，也是揉進了疑問的、不確切的、熾熱的。在談到《卡拉馬助夫兄弟們》的時候，杜斯妥也夫斯基寫道：「這部書的所有部分將要談到的關鍵問題，是我在有意識或無意識間被折磨了一生的問題：上帝的存在。」很難相信，一部小說便足以將一生的痛苦轉化爲快樂的確認。有位評論家[vi]正確地指出：杜斯妥也夫斯基和伊凡在某些方面是一致的——《卡拉馬助夫兄弟們》中那些肯定的段落花費了他三個月的時間，而他稱之爲「瀆神」的那些話卻在興奮中只用了三個星期的時間就完成了。他筆下的所有人物，沒有一個不是肉中帶刺，沒有一個不是在不斷刺激這根刺，沒有一個不是在這根刺帶來的感覺或者不道德中尋求解藥[vii]。我們還是在這一點疑問上打住吧。就是這樣一部作品，在一種比日光還要強烈的明暗光線中，我們可以抓住人與其希望之間的鬥爭。到了最後，創造者選擇反對他的人物。這一矛盾讓我們得以引入這一區分。這並不是一部荒謬作品，而是一部提出荒謬問題的作品。

杜斯妥也夫斯基的回答是一種侮辱，亦即斯塔夫羅金所說的「恥辱」。一部荒謬作品正相反，不會提供答案，這就是差別。讓我們在結尾之際牢記這一點：在這部作品中，與荒謬相悖的，並不是作品的基督教特性，而是對於來世生命的宣告。我們可以既是基督教徒，同時也是荒謬之人。我們有這樣的例子，有一些基督教徒就不相信來世的生命。因此，就藝術作品而言，我們有可能將我們在前面預感到的某一個荒謬分析的方向確定下來。這個方向會讓我們提出「福音書的荒謬性」的問題。它會闡釋這個想法，非常豐富，充滿活力，即便非常確定也不能排除懷疑。但是，我們看得很清楚，熟悉這些道路的《群魔》的作者最終卻選擇了一條完全不同的道路。創造者對於人物的驚人回答，杜斯妥也夫斯基對於基里洛夫的驚人回答可以這樣來概括：存在是騙人的，同時，它也是永恆的。

成為神，就是在這塵世間獲取自由，不用服務於某個不朽的存在。

如果上帝存在，那麼一切都取決於上帝，我們也無法違背上帝的意志。如果上帝不存在，一切則取決於我們。和尼采一樣，對於基里洛夫來說，殺死上帝，就是成為神本身。

再也沒有人能像杜斯妥也夫斯基那樣，賦予荒謬世界以如此親切又如此折磨人的魅力。

他筆下的所有人物，沒有一個不是肉中帶刺，沒有一個不是在不斷刺激這根刺，沒有一個不是在這根刺帶來的感覺或者不道德中尋求解藥。

沒有明天的創造

反抗、自由和多樣性。

於是，我發現我們不可能永遠回避希望，即便那些一心要擺脫希望的人，也總是被希望糾纏著。這也是我到現在爲止所談到的那些作品有意義的地方。我至少可以按照創作順序，一一列舉某些眞正的荒謬作品[viii]。但這一切需要一個開頭。本文研究的對象是某種忠誠。教會之所以如此殘酷地對待異教徒，是因爲它覺得再也沒有比一個迷失的孩子更加糟糕的敵人。但是，對於建立正統教派的教義來說，諾斯底教派的勇氣和摩尼教派的堅持要比所有的祈禱都要管用。相對而言，荒謬也是一樣。透過發現遠離它的路徑，我們可以辨認出它的路徑。在荒謬推理的最後，在受到它的邏輯支配的某種態度中，能夠重新找回以最爲動人的面容出現的希望，也並非無關緊要。這可以說明荒謬的苦行有多麼艱難，也尤其說明我們非常有必要不斷地維持某種意識，回到本文的範疇中來。

但如果說，現在還不是列舉這些荒謬作品的時候，我們至少可以就創造的態度下結論，而創造的態度能夠塡補荒謬的存在。只有反向的思維才能很好地爲藝術服務。就像黑之於白的重要性一樣，反向思維隱晦的、謙卑的步驟對於一部偉大作品的智慧來說也同樣重要。「不爲了任何東西」而工作和創造，用陶土雕塑，知道創造沒有未來，看到作品在一天之間被摧毀，而且清醒地、深刻地意識到，世代相傳也並沒有那麼重要，這才是荒謬思想所許可的艱難的智慧。同時執行這兩種任務，一面是否定，另一面是激勵，這是在荒謬創造者的眼前展開的道路。應該將色彩賦予虛無。

這樣我們就得到了關於藝術作品的獨特的概念。我們經常將某位創造者的作品看成是一連串並不相關的見證。我們這是混淆了藝術家和文人。一種深邃的思想總是在不斷的變化中，不斷與生活的經驗相聯繫，並且從中得到鍛造。同樣，一個人的獨特創造也會在他不同面貌的系列作品中得到加強。一些作品成爲另一些作品的補充，修訂，補足，有時也會和它們唱反調。如果有什麼東西終結了創造，並不是盲目的藝術家勝利而虛幻的叫聲，說「我已經說盡了」，而是藝術家的死亡，他關閉了自己的經驗，關上了這本獨特的天賦之書。

讀者並不見得會從作品中讀到這一努力，這一超人的意識。在人類的創造中沒有神祕可言。是意願造就了奇蹟。但是至少，沒有祕密，就沒有眞正的創造。也許一系列的作品就只是同一種思想的一系列呈現。但是我們可以想像另一類的創造者，他們透過並置來進行創造。他們的作品彼此之間可能看上去沒有什麼聯繫。在某種意義上，作品甚至是彼此矛盾的。然而，把它們放入整體之中，它們則能各歸其位。因此，是從死亡中，作品才得到了最後的意義。它們接受作者生命中最爲明亮的那一簇光。在這個時刻，一系列作品不過是一系列的失敗。但是這些失敗保留了同樣的迴響，創造者知道如何重複自身特有的狀況的形象，知道如何保有自己所占有的這不會帶來什麼的祕密。

在這裡，必須爲控制付出巨大的努力。但是人類的智慧足以讓我們走得更遠。它只是證明了創造意願的一方面。我在別的地方已經得出過結論，說人類意志的唯一目的就在於維持意識。但這離不開紀律。在所有教會我們耐心與明晰的事物中，創造是最爲有效的。它也是人類唯一尊嚴的令人驚愕的證明：對生活狀況堅持不懈的反抗，對看上去微不足道的努力的堅持。它要求我們付出日常的努力，對自己有所掌控，能準確地看到眞理的界限，要求我們不過度，有力量。它建立了一種克制。這一切「不爲了任何東西」，就只是重複和原地踏步。但也許，偉大的藝術作品就其本身而言並不是那麼重要，重要的還是它對於一個人接受的考驗的要求，它爲這個人提供了戰勝幽靈、稍微靠近一點赤裸裸的眞相的機會。

* * *

我們可別在美學上搞錯了。我在這裡所說的並不是耐心地爲某一主題提供信息，或是圍繞某一主題反覆進行毫無益處的論述的那類作品。恰恰相反，如果我表達得夠清楚。主題小說，那種想要證明什麼的主題小說是所有小說中最爲可憎的，它往往在某種**自我滿足**的思想中汲取靈感，要將自以爲掌握的某種眞相證明出來。但是這些是我們已經付諸實踐的想法（idée），想法與思想（pensée）相反。這樣的創造者是可恥的哲學家。我談到的或是想到的卻是清醒的思想者。在某個確切的時刻，思想回到其自身，這些人便樹立起自己作品的形象，成爲某種有限的、致命的、反叛的思想的明顯象徵。

這些作品也許能夠證明某個東西。但是這些證明，與其說是小說家提供給我們的，還不如說是他們給自己的。關鍵在於他們在具體之中取得了勝利，這才是他們的偉大之處。這一肉身的勝利是某種思想提前爲他們準備的，而抽象的權力曾在這種思想中受盡侮辱。一旦抽象的權力受到澈底的侮辱，肉身便在突然之間讓創造發出荒謬之光。反諷的哲學才能創造出激情四溢的作品。

放棄統一的思想是對多樣性的頌揚，而多樣性正是藝術之地。唯一解放精神的思想是讓精神獨自遊蕩的思想，這種思想也對自身的界限和未來的結局有所確認。沒有任何一種教條能夠要求它這樣做。這一思想在等待作品和生命的成熟。離開它之後，作品會再一次發出靈魂的聲音，靈魂擺脫了希望，而這聲音幾乎從未減弱過。又或許，作品並沒有讓我們聽到任何聲音，如果創造者已經厭倦了遊戲，想要回頭。有聲音沒聲音都是一樣的。

＊　＊　＊

於是，我對於荒謬創造的要求和我對思想的要求一樣，就是反抗、自由和多樣性。荒謬創造接著就展現了深刻的無用性。在這日常的努力中，智慧和激情摻雜在一起，彼此激蕩，荒謬之人發現了一條紀律，這條紀律此後便成爲他所有力量的關鍵。就這樣，必要的認眞、堅持和敏銳便和征服的態度連接到了一起。創造，就是賦予命運以一種形式。對於所有這些人物而言，至少可以說，作品對他們的定義和作品被他們定義的程度是差不多的。演員已經告訴了我們這一點：在表象和本質存在之間沒有界限。

我們再重複一遍。這一切都不具有眞實的意義。在這條自由的道路上，還需要再進一步。這些相似的精神，創造者或是征服者，他們最後的努力就是搞懂如何從他們的事業中解放自我：學會接受作品本身，無論它是征服、是愛還是創造，都可以不存在；這樣就是在耗盡個體生命的深刻的無用性。這樣一來，他們在完成作品時甚至會感到更輕鬆，就好像體察到生命的荒謬性讓他們能夠盡情地投入其中。

剩下的就是命運了，命運的唯一出口是致命的。而在這死亡的唯一宿命之外，一切，歡樂或是幸福，都是自由。世界仍然繼續，人是它唯一的主人。束縛人的，是對另一個世界的幻想。人的思想的命運不是自我放棄，而是重新以形象的方式活躍起來。思想在發揮作用，也許是在神話之中，但是神話與人類的痛苦一樣深刻，一樣無窮無盡。並不是讓人覺得有趣、讓人變得盲目的神的寓言，而是塵世的面孔、行動和戲劇，這當中凝聚著一種艱難的智慧，一種沒有明天的激情。

一種深邃的思想總是在不斷的變化中，不斷與生活的經驗相聯繫，並且從中得到鍛造。

在所有教會我們耐心與明晰的事物中，創造是最為有效的。

偉大的藝術作品就其本身而言並不是那麼重要，重要的還是它對於一個人接受的考驗的要求，它為這個人提供了戰勝幽靈、稍微靠近一點赤裸裸的真相的機會。

那種想要證明什麼的主題小說是所有小說中最為可憎的，它往往在某種自我滿足的思想中汲取靈感，要將自以為掌握的某種真相證明出來。

反諷的哲學才能創造出激情四溢的作品。

世界仍然繼續，人是它唯一的主人。束縛人的，是對另一個世界的幻想。

作者注

i 非常有趣的是，最具智慧的那種繪畫將現實簡化為一些基本元素，最終只是滿足了視覺上的愉悅。這種藝術給世界留下的就只有色彩。

ii 我們可以好好思考一下：這就對那些最糟糕的小說做出了解釋。幾乎人人都認為自己能夠思考，在某種程度上，無論是好是壞，都能夠有效地思考。相反，只有很少的人能夠想像自己是詩人或者話語的鍛造者。但是一旦思想超越於風格之上，大量的人便湧入了小說。

iii 比如說馬爾羅的作品。但是這樣就必須同時討論社會問題，當然，對於荒謬思想而言，這是不可避免的（尤其是荒謬思想能夠提供若干種完全不同的答案）。然而我們還是得有所限制。

iv 斯塔夫羅金：「您相信在另一個世界裡存在永恆的生命嗎？」基里洛夫：「不，但是我相信這個世界裡存在。」

v 「人們捏造出上帝的存在，就是為了不自殺。這是對於迄今為止的歷史的簡述。」

vi 鮑里斯·德·施萊澤（Boris de Schloezer）。

vii 紀德對此有著非常新奇而尖銳的評論：杜斯妥也夫斯基筆下幾乎所有人物都是雜交動物。

viii 比如梅爾維爾的《白鯨》。

薛西弗斯神話

諸神判罰薛西弗斯將岩石推上山巔，巨石因爲自身的重量，到達山巔就會滾落。諸神是有道理的，他們覺得再也沒有比徒勞而沒有希望的勞動更加可怕的懲罰了。

如果我們相信荷馬的講述，在必死之人中，薛西弗斯是最爲智慧、最爲謹慎的。但如果根據另一個傳統來看，薛西弗斯似乎從事的是強盜的工作。我倒不覺得兩者有矛盾的地方。至於他爲什麼會在地獄裡做無用功，看法不一。人們首先指責他對諸神有不敬之舉。他出賣了他們的祕密。阿索波斯的女兒埃癸娜被朱比特劫走。阿索波斯爲女兒的失蹤大驚失色，於是向薛西弗斯抱怨。而後者知道這件事的內情，就承諾如果阿索波斯給科林斯城送去水，就把事情始末告訴他。比起上蒼的電閃雷鳴，薛西弗斯更喜歡水的祝福。因此他受到懲罰，被打入地獄。荷馬還講述了薛西弗斯把死神捆起來的事情。冥王普魯托不能忍受他的帝國竟然如此空寂靜默，便督促戰神將死神從他的勝利者手中解放出來。

人們還說，奄奄一息的薛西弗斯魯莽地想要考驗妻子的愛情。他命令她不要埋葬自己的屍體，而是將之拋到公共廣場上去。薛西弗斯於是進了地獄。在那裡，他被如此違背人類之愛的順從激怒了，從普魯托那裡獲准返回人間懲罰他的妻子。但是當他再一次看見這塵世的面貌，嘗到水、陽光、熾熱的石頭和大海的滋味，他再也不願回到陰暗的地獄去了。呼喚、憤怒和警告於他毫無作用。他繼續在海灣的弧線、明亮的大海以及塵世的微笑間生活了很多年。神必須做出決定。墨丘利於是抓住了這個膽大妄爲的人的領子，剝奪了他的快樂，將他帶回地獄，地獄裡已經爲他準備好石頭。

我們已經明白，薛西弗斯是一位荒謬英雄。既因爲他的激情，也因爲他受到的折磨。他對於諸神的蔑視、對於死亡的仇恨和對於生命的熱愛，這一切都令他情願承受這一無法描述的折磨，耗盡生命的一切卻一無所成。這是對塵世的熱愛必須付出的代價。薛西弗斯在地獄裡的情況我們完全不知道。神話爲想像力的發揮留下了餘地。關於薛西弗斯，我們只看到那具弓著的身體試圖舉起巨大的石頭，推動它，讓巨石沿著坡向上滾，重複上百次；我們看見他皺成一團的臉，臉頰貼著巨石，一側肩抵住覆滿泥土的石塊，一隻腳墊在巨石底下，臂端撐住，滿是塵土的雙手展現出人類的堅定。在漫長的路程之後——沒有天空的空間與沒有深度的時間來衡量——他終於抵達目的地。薛西弗斯看著巨石在瞬間往地勢更低的世界滾落，從那裡開始，他需要再次將巨石推至山頂。然後他回到了平原上。

然而，我感興趣的正是他往回走的這段旅程，暫時的休憩。一張在巨石旁操勞的臉已經成了石頭！我看見這個人邁著沉重但均勻的步伐下山，迎接他永不結束的折磨。這一喘息的時刻和他的不幸一般往返重複，而這一時刻也是他思考的時刻。每一分每一秒，他離開山巔，漸漸往諸神的巢穴裡走去時，他是超越於他的命運之上的。他比他的巨石要堅強。

如果說這一神話是悲劇，這是因爲神話的主人公對此有意識。如果他踏出每一步的時候，都有成功的希望在支撐著他，那他的痛苦又究竟在哪裡呢？今天，工人每天都在勞動，都在完成相同的任務，工人的命運也不見得不荒謬。但是只有在很少的時刻，工人意識到了這一點，這時他才是悲劇的。薛西弗斯是諸神中的無產者，他無能爲力，卻充滿反叛精神，他很清楚他悲慘的生活狀況：在他向山下走去的時候，他想的就是這個。清醒造成了他的痛苦，但也完成了他的勝利。沒有蔑視征勝不了的命運。

* * *

如果說有些日子，薛西弗斯向山下走去的時候是沉浸在痛苦裡，卻也有可能，他有時是在快樂中走下山去的。快樂，這個詞用得並不過分。我仍然想像著薛西弗斯回到巨石邊，痛苦還只是開始。當大地的種種景象強烈地糾纏著記憶，當幸福的呼喚過於逼人，他的心間也會升起悲傷：這是巨石的勝利，是巨石本身。巨大的悲傷過於強烈，難以承受。這是我們的克西馬尼花園[1]之夜。但是過於沉重的眞相一旦被認出，便消亡了。因此，伊底帕斯雖然並不知道自己的命運是什麼，卻無條件地服從了。從他知道的那一瞬開始，悲劇也就開始了。但是同時，儘管他刺瞎雙眼，絕望之極，他也承認他與這世間的唯一聯繫，是一個年輕姑娘清涼的手。於是他說出一句誇張的話：「儘管歷經考驗，我與日俱增的年齡和我靈魂的高貴仍然讓我覺得，一切均好。」就像杜斯妥也夫斯基筆下的基里洛夫一樣，索發克里斯筆下的伊底帕斯就這樣提供了荒謬的勝利的表述。古代的智慧和現代的英雄主義如此連接在了一起。

如果沒有嘗試過寫一部關於幸福的教科書，我們就不會發現荒謬。「唉！什麼，通過如此狹窄的道路……？」但是只有一個世界。幸福和荒謬是同一片大地的兩個兒子，彼此不能分

---

1 克西馬尼花園，位於以色列耶路撒冷橄欖山下，傳說耶穌就在此地被猶大出賣。被出賣的前一夜，耶穌和他的門徒在此度過一夜，讓門徒禱告。

離。說幸福必然誕生於對荒謬的發現也許是錯的，因爲也有可能，荒謬的情感是從幸福中產生。「我覺得一切均好。」伊底帕斯說，而這句話是非常神聖的，迴響在人脆弱而有限的世界裡。它告訴我們，一切都還沒有，也未曾山窮水盡。它將一個神從這個世界趕了出去。當初，這個神心懷不滿，帶著對無用的痛苦的趣味踏了進來。它把命運變成人的事情，所以命運應該是人解決的。

薛西弗斯靜默的快樂就在這裡。他的命運是屬於他的，巨石是他的東西。同樣，荒謬之人，當他靜靜欣賞自己所受的折磨時，足以使一切神像緘默不語。在一個突然間回歸靜默的世界裡，大地上升起成千上萬令人迷醉的聲音。無意識的、祕密的呼喚，所有面孔的邀約，這是勝利必然的反面和代價。不存在沒有陰影的太陽，必須認識黑夜。荒謬之人說「是的」，他從此再也沒有停止努力。即使存在個人命運，也沒有高人一等的命運，或者，至少只有一種他認爲是註定的、可以蔑視的命運。餘下的，他很清楚自己是歲月的主人。在人轉身返回生活的這一微妙時刻，薛西弗斯回到了巨石旁，靜靜欣賞著一系列彼此之間沒有聯繫的行爲，他知道從此之後這是他的命運，是他自己創造的，在他記憶的注視之下融爲一體，不久將會蓋上死亡的印章。因此，他確信人的一切都會有人的根源，就像一個希望看見光明但明白黑夜永無盡頭的盲人，一直在往前走。巨石繼續滾動。

我把薛西弗斯留在山腳下！我們總是看到他身上的重負。而薛西弗斯告訴我們，最高的虔誠是否認諸神並且搬掉石頭。他也認爲一切均好。這個從此沒有主宰的世界對他來講既不是荒漠，也不是沃土。這塊巨石上的每一顆粒、這黑黝黝的高山上的每一顆礦砂唯有對薛西弗斯才形成一個世界。他爬上山頂所要進行的鬥爭本身就足以使一個人心裡感到充實。應該認爲，薛西弗斯是幸福的。

薛西弗斯是一位荒謬英雄。既因為他的激情，也因為他受到的折磨。他對於諸神的蔑視、對於死亡的仇恨和對於生命的熱愛，這一切都令他情願承受這一無法描述的折磨，耗盡生命的一切卻一無所成。這是對塵世的熱愛必須付出的代價。

薛西弗斯是諸神中的無產者，他無能為力，卻充滿反叛精神，他很清楚他悲慘的生活狀況：在他向山下走去的時候，他想的就是這個。清醒造成了他的痛苦，但也完成了他的勝利。沒有蔑視征勝不了的命運。

荒謬之人，當他靜靜欣賞自己所受的折磨時，足以使一切神像緘默不語。

薛西弗斯告訴我們，最高的虔誠是否認諸神並且搬掉石頭。

補篇

原編者按：

在《薛西弗斯神話》第一版中，作為補篇出版的這一章關於法蘭茲・卡夫卡的研究並不存在，取而代之的是〈杜斯妥也夫斯基和自殺〉。不過一九四三年，這一章發表在雜誌《弩》上。

但是，從另一個角度來看，我們仍然可以從這一章中讀到之前關於杜斯妥也夫斯基的篇章中已然存在的對於荒謬藝術的批評。

法蘭茲．卡夫卡作品中的希望與荒謬

人類狀況是所有文學的公共之地，這裡既有最基本的荒謬性，也有無可避免的偉大。

卡夫卡的所有藝術都在於強迫讀者一讀再讀。卡夫卡小說的結局，或者說，缺少結局，暗示了一些解釋，但這些解釋都沒有明說，因此，要想讓這些解釋立得住腳，就需要從全新的角度再讀一遍。有時，有雙重闡釋的可能性，因而就有兩次閱讀。這正是作者希求的。但如果我們想要將卡夫卡作品的一切細節都解釋清楚，那我們就錯了。象徵總是寄於普遍之中，無論對其解讀得多麼準確，一個藝術家卻也只能夠重建這個過程：逐字釋義並不存在。因此，再也沒有比一部象徵性作品更難理解的了。象徵總是超越使用它的人，並讓他實際上說出比他意識到的更多的東西。從這個角度來說，能夠抓住象徵的最可靠的方法，就是不要帶有先見去撥開它，去閱讀一部作品，去尋找作品之下的暗流。對於卡夫卡來說尤其如此，最誠實的方法就是投入他的遊戲，透過表象進入劇情，透過形式進入小說。

對於一個超然的讀者而言，乍一看，這是一些讓人焦慮的遭遇，誘惑瑟瑟發抖的、執拗的人物追索一些他們永遠也無法表述清楚的問題。在《審判》裡，約瑟夫．K被指控。但他不知道因為什麼。也許他想為自己辯護，但是他不知道辯護什麼。律師覺得他的案子很棘手。與此同時，他卻並沒有放棄愛、吃飯或是讀報紙。接著他接受了審判。但是庭審大廳很暗。他沒太弄明白。他只是猜到自己被宣判了，但是怎麼判的，他也沒怎麼過問。他有時也會對此感到懷疑，但他繼續生活著。很久以後，有兩位穿著得體、彬彬有禮的先生找到他，讓他跟他們走一趟。他們紳士得不能再紳士了，將他帶至郊區曠野，將他的腦袋按在一塊石頭上，掐死了他。臨死之前，被行刑的人只說了一句話：「就像一條狗。」

瞧，象徵是很難談論的，尤其是在最明顯的優點恰恰是自然的敘事作品中。但是自然也是難以理解的一個範疇。有些作品中的事件在讀者的眼裡十分自然。但還有一些作品（當然這樣的要少一些），其實是人物覺得發生在自己身上的一切都很自然。於是便有了一種奇特卻明顯的矛盾，人物的遭遇越是奇特，故事的自然性就越是凸顯：在一個人對生活的陌生感和這個人可以接受這份生活的單純性之間存在一定距離，而故事的自然性和這份距離成正比。這樣的自然就是卡夫卡的自然。正是這樣，我們能夠感受到《審判》想要說什麼。我們談到了關於人類狀況的一幅圖景。也許吧。但是比這個更簡單，同時也比這個更複雜。我想說的是，小說的意義更特殊，也更「卡夫卡化」。在某種程度上，他替我們懺悔時，是他在說話。他活著，然而已經遭到判決。在小說開始的幾頁他就知道了，他會繼續在這塵世生活，如果他想要試圖補救，卻也不是什麼驚人之舉。他從來不會為缺少驚人之舉而感到驚訝。也正是透過這些矛盾，我們辨識出了荒謬作品的最初特徵。有才識的人將他的精神悲劇投射在具體的事物上。他只能透過永遠的矛盾的手段來做到這一點，正是這樣的矛盾，賦予色彩以表達虛無的權力，賦予日常行動以詮釋人類永恆的野心的力量。

＊　＊　＊

同樣，《城堡》也許可以算作是付諸行動的一種神學，但是首先，這是一顆靈魂在尋求眷顧，一個男人尋求世間萬物莊嚴的祕密、向女人追問沉睡在她們身上的神的符號的個人歷險。《蛻變》當然表現了清醒之倫理的可怕想像。但是，這也是一個人看著自己毫不費力地就變成了動物時，這一難以估量的驚訝之情的產物。卡夫卡的祕密就在這種根本的模糊性中。他的作品充斥著這種在自然與超常、個體與普遍、悲劇與日常、荒謬與邏輯之間的不斷搖擺，作品也從中獲得了迴響和意義。如果想要弄懂荒謬作品，就必須一一列舉這些悖論，加強這些矛盾。

的確，象徵有兩面，有兩個思想和感覺的世界，而兩者之間存在著一本一一對應的詞典。最難建立的就是它的詞彙。但是意識到存在著兩個並行的世界，就是將自己置身於它們神祕關係的路途之上。在卡夫卡的筆下，一個是日常生活的世界，另一個則是超自然的焦慮的世界[i]。在此我們似乎陷入了對尼采那句話的永恆探索中：「最大的問題就在街上。」

人類狀況是所有文學的公共之地，這裡既有最基本的荒謬性，也有無可避免的偉大。兩者相得益彰，非常自然。我們再說一遍，兩者就在我們過度的靈魂與肉體日漸消亡的歡娛的可笑分離間。荒謬，就是靈魂無限地超越了肉體。如果想要展現荒謬性，就必須透過平行比照來賦予它生命。正因爲此，卡夫卡透過日常表現了悲劇，透過邏輯表現了荒謬。

演員在表現一個悲劇人物的時候，通常會花更大的氣力，因爲他要儘量避免誇張。如果他懂得節制，他恰恰會挑起無窮的恐懼之情。希臘悲劇在這方面教會了我們很多。在一部悲劇作品中，在邏輯和自然的面孔下，我們往往更加能夠感受到命運的存在。伊底帕斯的命運早已被告知。他將犯下謀殺和亂倫的罪孽，這是超自然的力量決定的命運。整部劇致力於透過一次次的演繹，來展現這個邏輯體系是如何完成主人公的不幸的。僅僅是向我們宣告這一罕見的命運並沒有什麼可怕的，因爲它過於荒謬。但是如果證明了它在日常生活中、社會中、國家中、熟悉的情感中是必然的，那就令人恐懼了。就在這讓人心緒不寧、讓人喊出「這不可能」的反抗中，已經有了對於「這是可能的」令人絕望的確認。

這是希臘悲劇的所有祕密，或者說，至少是其中的一個方面。因爲還有另外一面，即透過完全相反的方法能夠讓我們更好地懂得卡夫卡。人心有一種讓人惱火的傾向，只把能壓倒人的稱之爲命運。但是幸福也以它自己的方式表現得毫無理由，因爲它來就來了，無法回避。現代人雖然沒有看輕幸福，卻把它歸功於自己。相反，希臘悲劇中最偏愛的命運倒似乎還可以一說再說：像尤利西斯那樣的，在最糟糕的境遇中解救了自己。

而我們無論如何應該記住的，是悲劇中將邏輯和日常生活連接在一起的神祕的同謀關係。這就是爲什麼薩姆沙，《蛻變》中的主人公，是個旅行推銷員。這也是爲什麼，在他被變成一條蟲子的遭遇中，唯一讓他煩惱的是他的老闆會氣惱他不在。他的身上長出了爪子和觸角，他的脊柱彎曲起來，腹部布滿了白色的瘢痕——我並不是說這一切不讓人感到驚訝，因爲這裡並沒有寫到效果——但是這只讓他感受到了一點「輕微的煩惱」。卡夫卡的所有藝術就在於這點分別。他的代表作《城堡》就是以日常生活的細節取勝的，但是，在這部奇特的小說中，沒有什麼結局可言，一切都在重新開始，展現的是一顆不斷尋求眷顧的靈魂的主要遭遇。將這一問題轉換到行動中，在普遍與個體之間的這種對應，我們在偉大的創作者特有的那些小技法中都可以看到。在《審判》裡，主人公當然也可以叫施密特或者法蘭茲．卡夫卡。但是他叫約瑟夫．K……他不叫卡夫卡，但又是他。這是一個普通的歐洲人，和所有人一樣。但是他也是實體K，為血肉的方程式提出了X的問題。

同樣，如果說卡夫卡想要表達荒謬，他用的卻是一致的手法。我們都知道那個在浴盆中釣魚的瘋子的故事。一位對精神疾病治療頗具心得的醫生問他：「魚會咬鉤嗎？」而他正兒八經地回答說：「當然不會，傻瓜，因為這是浴盆。」這個故事頗具巴洛克風格。但是我們能夠立刻感受到荒謬的效果和邏輯的濫用之間的關係。卡夫卡的世界就是這個無法言明的世界，儘管人知道什麼也釣不上來，但他賦予自己在浴盆裡釣魚、深受折磨的奢侈權利。

因而我認為，從基本特徵來說，這是一部荒謬作品。比如說《審判》，我可以說是完全的成功。肉身勝利了。什麼也不缺，既不缺沒有表述出來的反抗（其實是反抗自身在書寫），也不缺緘默而清晰的絕望（其實是絕望自身在創造），也不缺小說人物直至死亡時所表現出來的驚人的自由。

＊　＊　＊

不過，這個世界並不像表面上的那麼封閉。在這沒有進步的世界裡，卡夫卡想要引入一種形式奇特的希望。從這個意義上來說，《審判》和《城堡》不是往一個方向上去的作品。它們彼此補充。從一部作品到另一部作品難以察覺的漸進展現了在逃避上取得的過度的征服。《審判》提出的問題，《城堡》在某種程度上解決了。前一部作品是在用一種幾乎科學的手段進行描述，沒有給出結論。而後一部作品則在某種程度上進行了解釋。《審判》進行診斷，《城堡》想像了一種治療。但是這裡所提出的藥方並不能治癒，它只是使得疾病進入了正常生活，幫助我們接受它。在某種意義上（我們可以想想齊克果），它讓我們與之親近。土地測量員K除了讓自己煩惱的這點事情以外，根本沒有別的擔憂。而他周圍的人又十分迷戀他這份空虛和莫名的痛苦，就好像痛苦在這裡有它偏愛的面貌。「我是多麼需要你，」弗麗達對K說，「自從我認識你之後，只要你不在我身邊，我就感覺到自己被拋棄了。」這一微妙的藥方讓我們愛上壓倒我們的事物，讓我們在這沒有出口的世界裡生出希望，這種突然的「跳躍」使一切都發生了變化，這就是存在的革命和《城堡》本身的祕密。

就方法而言，鮮有作品像《城堡》一樣嚴謹。K被任命爲土地測量員，他來到了村裡。但是從村莊到城堡，根本沒有路。在幾百頁的篇幅裡，K固執地找尋他的道路，用盡了一切手段、詭計、迂迴，但從不發火，帶著出乎意料的信念，想要完成人們賦予他的使命。每一章都是失敗，也是重新開始。這並不是邏輯，而是持續的精神。正是這份執著造就了作品的悲劇性。K往城堡打電話的時候，他聽到的盡是些混雜、紛亂的聲音，模糊的笑聲，還有遠處傳來的呼喚聲。這一切已經足夠滋養他的希望，就像在夏日的天空中出現的一些跡象，或是夜晚的承諾就足以成爲我們活下去的理由一樣。我們在這裡找到了卡夫卡特有的憂傷的祕密。同樣的憂傷，我們在普魯斯特的筆下或是普羅提諾筆下的風景中也能夠感受到：是對失去的天堂的懷念。「我變得如此憂傷，」奧爾加說，「當巴爾納貝早上和我說，他要去城堡：這旅程也許毫無用處，也許又失去了一天，這希望也許是徒勞的。」「也許」，卡夫卡就是將他的作品完全押在這一點差別上。但是什麼也沒有，對永恆的追尋是小心翼翼的。而卡夫卡筆下這些人物靈感來源的自動木偶，讓我們看清楚了我們自己可能的模樣，我們被剝奪了我們的消遣[ii]，完全置身於神的侮辱之中。

在《城堡》中，對於日常生活的服從成爲一種倫理。K的最大希望就是城堡能夠接納他。但是他一個人做不到，於是他付出所有的努力，想要配得上這份恩寵，成爲村裡的一分子，洗脫所有人都讓他感受到的外鄉人的身分。他想要的，是一份職業，一個家，過正常、健康的生活。他再也承受不了自己的瘋狂。他想要變得理性。他想要擺脫讓他異於村裡人的特別的詛咒。弗麗達的插曲在這個意義上是至關重要的。這個女人認識城堡裡的一個公務員，如果說K把她變成了自己的情婦，那是因爲她的過去。他在她身上尋找超越自身的某種東西，同時，他很清醒地認識到，是什麼使得她和城堡不相稱。在這裡，我們會想起齊克果對於雷吉娜·奧爾森奇特的愛情。在某些人那裡，吞噬他們的永恆之火足夠強烈，足以將身邊人的心燃起來。將不是上帝的東西給了上帝，這一致命錯誤也是《城堡》這一插曲的主題。但是對於卡夫卡而言，似乎這並不是錯誤。這是一種理論，是一種「跳躍」。沒有任何東西不是上帝的。

更具意味的是土地測量員擺脫弗麗達，投入巴爾納貝姊妹的懷抱。因爲巴爾納貝家是村裡唯一完全被城堡和村子拋棄的人家。姊姊阿瑪利亞拒絕了城堡一位公務員的可恥求歡。隨之而來的不道德的詛咒使得她永遠不再受到上帝眷顧。不能夠爲上帝丟棄自己的名譽，這使得她無法得到上帝的恩寵。我們在這裡看到了存在主義哲學非常熟悉的一個主題：眞理是道德的反面。這裡卻走得更遠。因爲卡夫卡的人物所完成的道路，即從弗麗達到巴爾納貝姊妹之間的道路，就是從信賴愛情到奉荒謬爲神明的道路。這裡，卡夫卡的思想再次與齊克果會合。所以，「巴爾納貝姊妹的故事」位於小說的結尾處也就不奇怪了。土地測量員的最後一搏，就是透過否定上帝的力量重新找回上帝，認出他來，不是根據善和美的指引，而是在這些空虛而醜陋的面孔背後，在冷漠、不公和仇恨背後，找到他。這位請求城堡接納他的外鄉人，在旅途盡頭被流放得更遠了一點，因爲這一次，他不忠的是自己，他拋棄了道德、邏輯和精神層面的眞理，只是帶著滿腦子的虛妄的希望，試圖走入神的恩寵的荒漠[iii]。

* * *

「希望」一詞在這裡並不可笑。而正相反，卡夫卡所描述的狀況越是悲涼，這希望就越是會變得強硬，充滿挑釁的意味。《審判》越是荒謬，《城堡》中那興奮的「跳躍」就越顯得動人且不合理。但是，我們在這裡找到了處在純粹狀態的存在思想的悖論，就像齊克果所說的：

「我們應當給予塵世的希望以致命打擊，只有這樣，我們才能透過眞正的希望[iv]得到救贖。」對此我們可以這樣來詮釋：「必須寫下《審判》，才能著手寫《城堡》。」

大多數談論卡夫卡的人將他的作品定義爲絕望的一聲呼喊，沒有給人留下任何救援的可能。但是這一說法有待修正。有這樣和那樣的希望。亨利．波爾多[1]先生樂觀的作品在我看來就尤其使人喪氣。因爲這樣的作品根本容不下稍微有點苛刻的心靈。但是相反，馬爾羅的思想卻使人振作。對於這兩種作品而言，不是一樣的希望，也不是一樣的絕望。我只是發現荒謬作品本身能夠導致我想竭力避免的不忠實。那種只是對產生不了什麼的狀況無限重複的作品，對可能滅亡的東西富有洞察力地頌揚的作品，在這裡都變成了幻滅的搖籃。它解釋，並且賦予希望以形式。創造者從此再也不能與之分離。這不是一種它本該成爲的悲劇遊戲。它賦予作者生活以意義。

非常奇怪的是，靈感來源相近的這些作品，比如卡夫卡、齊克果或者舍斯托夫的作品，簡單地說，就是存在主義小說家和哲學家的作品，轉向了荒謬和荒謬的結果之後，最終都抵達這一高聲的、希望的呼喊。

他們都擁抱了吞噬他們的上帝。正是透過謙卑引入了希望。因爲存在的荒謬使他們能夠更接近超自然的現實。如果這樣的生活之路最後導向上帝，那便是有出路的。而齊克果、舍斯托

1 亨利．波爾多（Henry Bordeaux, 1870-1963），法國作家。

夫和卡夫卡的主人公們在重複旅程時的這份堅持和固執對於這份確信激發出來的力量來說，是一種特有的保證[v]。

卡夫卡否認他的神具有道德的偉大性，具有明顯性、善良和一貫性，但這都是爲了能夠更好地投入神的懷抱。荒謬於是被承認，被接受，人服從於它，而從這一刻開始，我們知道他再也不是荒謬之人了。在人類狀況的邊界內，還有比可以避免這一狀況更大的希望嗎？我又一次看到，存在的思想和流行觀點正相反，前者充滿過度的希望，而過度的希望和原初的基督教以及對救世福音的宣告一起，托起了舊世界。但是在這所有存在思想都有的跳躍中，在這份執著中，在這對於沒有面目的神性的測量中，又怎會看不到一種自我放棄的清醒的標誌呢？我們僅要一種自尊，它透過放棄希望來自我救贖。這份放棄也許是富有成果的。但這一點改變不了另一點。在我的眼裡，即便我們說清醒的道德價值就像一切驕傲一樣毫無成效，它也不會因此而貶值。因爲眞理從其自身的定義而言是沒有成效的。所有明顯的東西都是這樣。在一個一切都被給予而什麼也沒有得到解釋的世界裡，所謂價值或形而上的思想的豐富性只是一個沒有意義的概念。

無論如何，我們可以看到，卡夫卡的作品寄身於什麼樣的思想傳統裡。事實上，把從《審判》到《城堡》看作是一種嚴密的方法也許不夠聰明。約瑟夫．K和土地測量員K只是吸引卡夫卡的兩極而已[vi]。我和他會說一樣的話，我會說他的作品也許並不荒謬。但是即便這樣也不能剝奪他作品的偉大和普適性。這份偉大和普適性來自他知道如何廣泛地展現從希望的日常到沮喪的過渡，從絕望的智慧到心甘情願的盲目的過渡。他的作品具有普適性（一部眞正荒謬的作品是不具有普適性的），正是因爲它們展現了人想要逃離人性的動人面孔，他在種種矛盾中汲取了信念的理由，在豐富的絕望中汲取了希望的理由，把他對死亡的可怖的學習稱爲生活。他的作品具有普適性，是因爲它的靈感來源於宗教。就像在所有的宗教中，人從自身生命的重量中釋放出來。但是如果我知道這一點，如果說我也非常欣賞這一點，我卻也知道，我並不找尋具有普適性的東西，而是找尋眞實的東西。兩者不必吻合。

如果我說，眞正絕望的思想恰恰是透過反面的標準來定義的，而悲劇性的作品可以是描述被驅逐了未來的希望之後獲得幸福的人的生活的作品，我們應該能夠更好地理解這種看待事物的方式。生活越是激動人心，想到要失去它就越是荒謬。也許這就是爲什麼我們能夠在尼采的作品中感受到這份絕妙的冷漠無情的祕密所在。從這個方面來說，尼采似乎是能夠從荒謬美學中引出極端後果的唯一的藝術家，因爲他最後的啟示就在於這份沒有結果的、勝利的清醒中，在對於所有超自然的安慰的固執的否定中。

上述文字足以揭示卡夫卡作品之於本文的最大的重要性。我們已然來到人類思想的邊界。在充分的意義上，我們可以說作品中的一切都是本質性的。它從總體的角度提出了荒謬的問題。如果我們把這些結論和我們開始時的觀點結合起來，將本質和形式結合起來，將《城堡》的神祕意義和自然藝術——作品正是在這當中展開的——結合起來，將K充滿激情和驕傲的追尋和追尋所寄身的日常生活的背景結合起來，我們就會懂得它的偉大。因爲如果說懷念是人的標誌，可能沒有一個人給予追悔的靈魂以這麼多的血肉和立體感。但是我們同時也能夠抓住荒謬作品要求的奇特的偉大性何在，雖然也許這裡並沒有。如果說藝術的特性在於將普遍與特殊聯繫起來，將一滴水可能消失的永恆和光影的遊戲聯繫起來，的確，我們更可以透過荒謬作家所引入的兩個世界之間的距離來衡量他的偉大，他的祕密就在於找到連接最不對稱的兩者的這一點。

說眞的，人和非人之間這一準確的連接點，純粹的心靈到處都能看見。如果說《浮士德》和《堂吉訶德》是藝術的巔峰創造，那是因爲他們透過那雙塵世間的手爲我們指明了種種偉大。但是，總會有這樣的時刻，精神趨於否定觸手可及的眞理。總會有這樣的時刻，創造不再被當作悲劇來看待，它只是被嚴肅對待。這時人關心的是希望。但希望不是他的事情。他的任務是遠離藉口。而我在卡夫卡向整個世界提出激烈控訴的最後看到了他。最後，他用難以置信的判詞宣告，連鼴鼠都參與希望的這個醜陋而驚人的世界無罪[vii]。

人心有一種讓人惱火的傾向，只把能壓倒人的稱之為命運。但是幸福也以它自己的方式表現得毫無理由，因為它來就來了，無法回避。

我並不找尋具有普適性的東西，而是找尋真實的東西。

如果說藝術的特性在於將普遍與特殊聯繫起來，將一滴水可能消失的永恆和光影的遊戲聯繫起來，的確，我們更可以透過荒謬作家所引入的兩個世界之間的距離來衡量他的偉大，他的祕密就在於找到連接最不對稱的兩者的這一點。

總會有這樣的時刻，精神趨於否定觸手可及的真理。總會有這樣的時刻，創造不再被當作悲劇來看待，它只是被嚴肅對待。

作者注

i 必須記住，如果我們用社會批評來詮釋卡夫卡的作品（例如《審判》），也同樣是合理的。而且也許我們別無選擇。兩種詮釋的方法都很好。從荒謬的角度來看，就像我們在文中看到的那樣，針對人的反抗同樣也針對上帝：偉大的革命都是形而上的。

ii 在《城堡》中，帕斯卡意義上的「消遣」是透過侍從來表現的，他們讓K擺脫了他的憂慮。如果說弗麗達終於成為其中一個侍衛的情婦，那是因為她比起真理，更喜歡背景，比起共同分擔恐懼，更喜歡每天的平常日子。

iii 當然，這只適用於卡夫卡留給我們的《城堡》的未完成稿。但是作家在最後幾章裡切斷小說風格一貫性的做法還是很值得懷疑的。

iv 心靈的純潔。

v 《城堡》裡唯一不抱希望的人物是阿瑪利亞，而土地測量員最激烈反對的人也就是她。

vi 關於卡夫卡思想的兩個方面，可以比較《在監獄中》「罪孽（人的罪孽）從來不可疑」，和《城堡》的一個片段（莫繆斯的報告）「土地測量員K之罪難以成立」。

vii

上述的一切當然是對卡夫卡作品的一種闡釋。但是我們也許應該加上，在一切的闡釋之外，我們也可以從單純的美學角度來看待卡夫卡的作品。例如，B・格羅聚森（B. Græthuysen）為《審判》所寫的完美的序言就比我們要明智得多，他僅僅侷限於追隨他以驚人的方式稱之為清醒的沉睡者的一系列痛苦的想像。這是這部作品的命運，也可能是它的偉大之處，因為這部作品什麼都呈現了，卻什麼都沒有確定。

索引

二畫

四畫

五畫

七畫

八畫

九畫

十畫

阿貝爾・卡繆年表

Albert Camus, 1913-1960

年代	生平記事
一九一三	十一月七日出生於法屬阿爾及利亞蒙多維（Mondovi）。
一九一四	父親盧西安・卡繆（Lucien Camus）在馬恩河戰役中陣亡。卡繆和哥哥隨母親凱薩琳・辛特斯（Catherine Sintés）搬到貝爾庫特（Belcourt）外祖母家，母親做雜役支撐家庭開銷。
一九一八	進入貝爾庫特公立小學。
一九二三	獲得獎學金進入阿爾及爾中學就讀。
一九三〇	因感染肺結核而中斷學業。
一九三三	以半工半讀方式在阿爾及爾大學攻讀哲學。和第一任妻子西蒙妮・海赫（Simone Hié）結婚。
一九三五	加入共產黨。
一九三六	完成大學學位，畢業論文為《新柏拉圖主義和基督教思想》（*Métaphysique chrétienne et néoplatonisme/Christian Metaphysics and Neoplatonism*）
一九三七	因肺病未能參加大學任教資格考試。出版第一本書《反與正》（*L'Envers et l'endroit/Betwixt and Between*）。退出共產黨。
一九三八	在帕斯卡・皮亞（Pascal Pia）主編的《阿爾及爾共和報》（*Alger républicain*）擔任記者發表文章。
一九四〇	《阿爾及爾共和報》停刊。離開家鄉到巴黎，進入《巴黎晚報》（*Paris-soir*）任職。與鋼琴家法蘭辛・富爾（Francine Faure）再婚。
一九四一	與妻子返回阿爾及利亞奧蘭（Oran），擔任教職。完成《薛西弗斯神話》。
一九四二	返回法國。因小說《異鄉人》（*L'Étranger/The Stranger*）的發表而聲名大噪。參加地下抗德運動。

年代	生平記事
一九四二	出版《薛西弗斯神話》。
一九四四	擔任《戰鬥報》（*Combat*）主編。
一九四五	劇作《卡里古拉》（*Caligula*）初演。
一九四六	前往美國訪問。
一九四七	小說《瘟疫》（*La Peste/The Plague*）出版，獲一致好評。離開《戰鬥報》。
一九四九	赴南美巡迴演講。
一九五一	《反抗者》（*L'Homme révolté/The Rebel*）出版。由於反對革命暴力而飽受敵視，更造成他和沙特等左派知識分子的決裂。
一九五四	《夏天》（*L'Été/Summer*）論文集出版。阿爾及利亞戰爭爆發，呼籲參戰雙方停火。再度從事新聞工作。
一九五六	《墮落》（*La Chute/The Fal*）出版。
一九五七	出版《放逐與王國》（*L'exil et le royaume/Exile and the Kingdom*）短篇小說集。十月十七日，獲頒諾貝爾文學獎。
一九六〇	一月四日，因車禍意外去世。

經典名著文庫 179

薛西弗斯神話

Le Mythe de Sisyphe

作　　者 —— 〔法〕阿爾貝・卡繆（Albert Camus）
譯　　者 —— 袁筱一
發 行 人 —— 楊榮川
總 經 理 —— 楊士清
總 編 輯 —— 楊秀麗
文庫策劃 —— 楊榮川
本書主編 —— 蘇美嬌
特約編輯 —— 郭雲周
封面設計 —— 姚孝慈
著者繪像 —— 莊河源
出 版 者 —— 五南圖書出版股份有限公司
地　　址 —— 台北市大安區 106 和平東路二段 339 號 4 樓
電　　話 —— 02-27055066（代表號）
傳　　眞 —— 02-27066100
劃撥帳號 —— 01068953
戶　　名 —— 五南圖書出版股份有限公司
網　　址 —— https://www.wunan.com.tw
電子郵件 —— wunan@wunan.com.tw
法律顧問 —— 林勝安律師
出版日期 —— 2023 年 3 月初版一刷
定　　價 —— 280 元

國家圖書館出版品預行編目資料

薛西弗斯神話 / 阿爾貝・卡繆・(Albert Camus) 著 ; 袁筱一譯 .
-- 初版 -- 臺北市 : 五南圖書出版股份有限公司，2023.03
面 ; 公分
譯自 : Le mythe de sisyphe
ISBN 978-626-343-403-5(平裝)

876.6　　111015129